遐思的雲朵

所有的日子都是诗
遐思的云朵
春天的潮水

王荣霞◎著

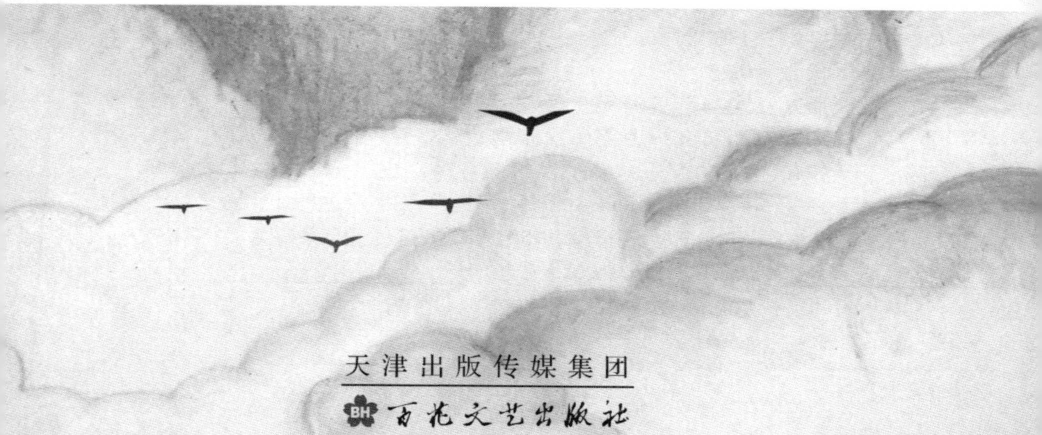

天津出版传媒集团
百花文艺出版社

图书在版编目（CIP）数据

遐思的云朵 / 王荣霞著 . -- 天津 : 百花文艺出版社 , 2024.5

ISBN 978-7-5306-8853-3

Ⅰ . ①遐… Ⅱ . ①王… Ⅲ . ①诗集 – 中国 – 当代
Ⅳ . ① I227

中国国家版本馆 CIP 数据核字 (2024) 第 096849 号

遐思的云朵
XIASI DE YUNDUO
王荣霞　著

出 版 人： 薛印胜
责任编辑： 王　欣　　**封面设计：** 陈丽维
书名题写： 张雁南
出版发行： 百花文艺出版社
地址： 天津市和平区西康路 35 号　**邮编：** 300051
电话传真： +86-22-23332651（发行部）
+86-22-23332656（总编室）
+86-22-23332478（邮购部）
网址： http://www.baihuawenyi.com
印刷： 廊坊市海涛印刷有限公司
开本： 880 毫米 ×1230 毫米　1/32
字数： 180 千
印张： 9.25
版次： 2024 年 5 月第 1 版
印次： 2024 年 5 月第 1 次印刷
定价： 68.00 元

如有印装质量问题，请与廊坊市海涛印刷有限公司联系调换
地址：廊坊市安次区马头镇金官屯
电话：（0316）2516002
邮编：065003

情感酵母培育的思绪碎片

——王荣霞诗歌语境格调漫评

李德义

已经出版了两本散文集子的才女王荣霞，对诗歌依然情有独钟。散文、韵文两种语言文字体系，对她来说犹如鸟之双翼、车之两轮。在躬耕散文砚田之余，同样精心打理诗歌园地。果然，前不久她又拿来一大摞子诗歌近作，看到荣霞诗歌写作又有收获，自然替她高兴，于是抽空仔细浏览了一遍，沿着这些清澈明朗的文字小径，我走进了荣霞的诗歌家园。

蓦然想到荣霞多年来在追随文学的路上，须臾不曾懈怠，“恒兀兀以穷年”，直至胸中豁然开朗的治学精神，钦佩之情油然而生。

荣霞的诗给人以启迪，使我对诗歌真谛的认知度更清晰了。

诗是什么？诗是古人劳动艰辛时，为减轻负荷，协调动作频率，发出的“嗨哟”“嗨哟”的声音，是现代人为表达某种特定的心境而创造的生动鲜活的情感文化符号，是对生发于心灵深处，那些情感酵母培育的思绪碎片的逻辑勾连，是情感抒发的形象对应。

王荣霞的诗就是在践行这样的诗学理念。

诗缘情而绮靡，欲求绮靡之境，抒情得有情感温度，论理得有思想浓度，这断然不可缺失对诗歌语境载体的锤炼和锻打。

诗歌语境或曰诗语文风，颇似诗歌的外包装，人的外包装是衣着服饰，诗呢？自然就是语言特色。如同衣着服饰的好尚取向，会折射出一个人的审美情趣。诗歌的语境范式，则是决定诗歌韵味、格调、意象、蕴藉文野粗细、高低优劣的决定性要素。

诗歌的语境文风，与人的服饰打扮一样，不必追求华丽贵重，只要得体合适就好。换言之，诗人的语言应该是自己的、自然的、个性的，表现就是不做作、不虚伪、不张扬、不炫酷，看着要得劲、顺眼。荣霞诗歌语言载体最大的特点是举重若轻，朴实中显华美。

荣霞在语言格调上崇尚清新、清澈、清明，注重对简约明快语境特质的熔铸、锤炼。这种看似不经意的行文走向，却水到渠成地打造出荣霞诗歌艺术的自身特色——意象温馨靓丽，文字空灵飘逸，风格温婉，韵味隽永。尤其可贵的是，在对这些情感因子进行诗化表达时，荣霞果断拒绝罗列和堆砌，把率性本真推到了极致。所以，她的抒情哲理小诗才那样清纯健硕，不着贵妇的浓施粉黛，尽显村姑的洗尽铅华。

探微取宏，见微知著，是荣霞诗歌选材立意视角的突出特色。荣霞并不在意题材的博大广远，哪怕是天空中的一朵白云，湖水中的一串涟漪，飞鸟的一声啼鸣，花朵的一次舒卷，恋人的一个梦境，情侣的一句窃语，一旦进入她的诗眼，一经她诗心的发酵，就会在读者眼前凸显出厚重深邃的人生场景，就奏响了一部可以穿越读者精神世界的爱情乐曲。

生命、爱情是古今中外诗人永恒的主题。前人写得太多，后来者再写也易也难。易，是因为经典在前，不无样板，不愁借鉴。难是前人标高已立，突破谈何容易？所以，在这种情况下再去碰爱情之类的情感主题，没有文学智慧不行，没有胆识魅力更不行。荣霞的清醒和聪明之处在于，在爱情题材面前，既不回避，又勇于进取，进取的同时不忘提醒告诫自己，在爱情诗的写作实践中一定不能忘记打上王荣霞式的新刻度。

我不敢说荣霞笔下礼赞生命、歌唱爱情的诗章多么无以复加，无懈可击，但我敢说她是写爱情诗的高手。她的爱情诗小巧玲珑，简约精致，以最经济的语言文字囊括了密度最大的爱情思想容量，都是警句格言式的抒情哲理短章。在诗歌表现上，荣霞不着眼长江大河的壮阔，只掬捧透明鲜亮的浪花；不铺展思想长廊的深远，只开启一扇透视人生的窗口。不论是闪烁爱情光辉溪流中的浪花，还是生命长廊中移步换景的花窗，都给读者留下了充分联想和想象的空间。这种盎然的诗意、讨巧的诗趣在荣霞的诗作中不胜枚举。《如果不能爱》《如果有一天》《原以为告别是一种轻松》《有花的日子》等，不一而足。这些抒情哲理短章，构思浪漫，想象泼辣，视角刁钻，韵味绵长。

荣霞的诗作给我留下最深印象的是她的爱情哲理组诗《遐思的云朵》，我认为这是她的爱情诗在艺术上开始成熟的一个标志。

这是一组将 200 多个诗章碎片连缀组合，由抒情哲理的爱情之网过滤后而形成的歌唱生命、吟咏爱情的长诗。

洁白的云朵，
在蓝天飘游，
招惹你，

直想向它奔去。
那里有纯洁的爱情，
那里有醉人的梦。

这句既富于悬念又直奔爱情主题的题记，一下子就吊起了读者阅读的胃口。

这组诗表达描述不落俗套，思想上、艺术上既不失新潮、时尚，又不无对人生哲理和生命本真的深层开掘；既不无独辟蹊径的见地，又不无发人深省的启迪。含蓄与明朗的统一，宏大与纤细的关联，这样恰到好处的艺术处理，这种不见技巧的技巧，没有探微烛幽的慧眼，没有平中见奇的诗心，是断然驾驭不了的。

这是由孩提纯真的心态和老者沧桑的阅历合力托起的一朵发自女诗人心底的爱情之花；这是构思深邃、立意高远、抒情与哲理相交融的描写爱情的优秀诗篇。这里诗人的语境格调、艺术样貌已经开始形成了。

由于抒情与哲理的色彩浸润，使这组诗有了引人的看点和耀目的亮点，限于篇幅，本文不能对《遐思的云朵》进行全面分析解读，只窥一斑与读者分享全貌。

“无论多大年纪，春天里，你都是一个新生命，重新萌芽，充满欢喜！”写得多有温度、多有激情！

“有些人，一旦相爱，就再也不想分开，但有些人，相爱就是分离。”哲理多深邃、命题多精辟！

像这样精彩的章节，在《遐思的云朵》里可以信手拈来。《遐思的云朵》就是把众多蕴含着思想光辉的语言玑珠串联到一起，呈现给读者一串璀璨斑斓、晶莹闪烁的珍珠项链。

“居高声自远，非是藉秋风。”荣霞爱读书，爱学习，写作也很勤奋，涉入文坛后散文已被读者看好，如今诗歌进步也很快，而且这么多诗歌一拿出来，就有了这么高的起点，着实替她高兴。从这个意义上来说，我们有理由期待荣霞，在今后的写作实践中百尺竿头更进一步，继续踔厉奋发，打造出更多的诗歌精品，为新时期文学艺术事业做出贡献！不负韶华，不负时代！

MULU
目录

第一篇　所有的日子都是诗

所有的日子都是诗，
有美妙的音乐在流淌。
春天的莺歌燕舞，
夏夜的蝉鸣，
秋日的落叶风霜，
冬天的飘雪，
都有一支悠扬的歌，
在梦中轻轻吟唱……

你的温柔将我掠夺

你的温柔有一股神奇的力量
把我击破。

你的温柔是冬日阳光，
温暖我的身心；
你的温柔是早春的风，
拂动柳枝；
你的温柔是夏日里的小雨，
呢喃私语；
你的温柔是秋日的红叶，
赤诚如火。

你的温柔如一弯明月，
洒落和煦的清辉。
每当我想离开，

你温柔的力量，
似一条条藤蔓
将我紧紧缠绕；
每当我高飞
你的温柔
似一块巨大的磁石
远隔天涯，
也把我深深吸引。

你的温柔将我掠夺
不知不觉中
我的眼里尽是你，
柔情的光辉……

怜你，在一草一木里

你委屈的时候，
我轻轻擦去你的泪花；
你孤独的时候，
我默默无语陪在你身边；
你生活窘迫的时候，
我节衣缩食与你共渡难关；
你心情暗淡的时候，
我唤一道朝阳出现你眼前……

如风吹草木，
你的心连着我的心。
你悄悄地摇曳，
我的心就会为之震颤；
你轻轻一个叹息，
我的心就落下串串雨滴……

爱你，
不在宽阔无垠的江海，
在一池静湖里。
怜你，
不在高大伟岸的丛林，
在一草一木里。
这里，
我听到风的脚步，
雨的回声，
我祈求阳光的沐浴，
天朗气清。

如风吹草木，
我的心连着你的心。
我洞察你的情感，
纤细如丝……

我想与你相携到老

亲爱的，
我想与你相携到老。
我的心还是少女的模样，
尽管白发已爬上额头。

青涩的年龄不懂爱，
任性让你苦恼；
当我懂得温柔相对，
人已开始变老。

如果你只爱我的青春貌美，
我会把你从记忆里抹掉。
但如果你爱我的深刻和思想，
我会用全部生命把你拥抱。

我想与你相携到老，
我深沉的爱藏在生命最后，
打开它，
你才能领略到爱情的美妙。

那本笔记

记得离别时，
你送我一本笔记，
上面写着你的赠言。
尽管它已泛黄陈旧，
在我心里却清新如兰。
也许会忘记给予我财富的人，
却无法忘掉你
和那本笔记。
小小笔记，
承载你浓浓的情意，
珍藏一段光阴的故事，
也埋藏无法言说的秘密。

眼睛在你身上停留

你在哪里，
我就在哪里，
眼睛在你身上停留。

握着你的手，
不想松开；
松开的那只手，
像蝴蝶落在花上一样，
落在你的衣袖。

默默地坐在对面，
眼睛看着你，
心儿却溜到你背后，
轻抚你坚实的双肩。

你目光炯炯，神情刚毅，
内心翻卷着海的波澜，
我多想变成一尾小鱼，
在你的浪花里迸溅……

你的笑

你的笑，
孩子一样开心，
似初放的花儿
盛开我的心田……

你的笑，
似一本书，
隐藏着无尽的秘密，
吸引我一页页翻卷……

你的笑
似缕缕丝线，
紧紧地将我缠绕，
陷入你更深的爱恋……

你的笑是朵朵白云，
在碧蓝的天空飘荡，
一个个幸福的音符，
飞进我的心房……

爱像一枚红叶书签

你的爱
像一枚红叶书签，
在我心海里漂浮，
我小心地把它拾起，
夹在岁月之书里收藏。
若干年后，
当我无意中翻开，
再次与之相遇，
会蓦然间，
领悟它的价值。
那时，也许你已远去，
也许你还在我身边；
也许你已变得模糊，
也许你的样子更加清晰……

心中的不舍

总有一些什么，
遏制我的喉咙，
使我不能纵情歌唱；
总有一些什么，
羁绊我的脚步，
使我不得信步远行；
总有一些什么，
牵制我的灵感，
使我无法高高飞扬；
这样的一些“什么”，
就是我心中的“不舍”。

幸福和我捉迷藏

每当我专注的时候，
幸福蹑手蹑脚悄悄来到；
每当我复杂多变，犹疑不定，
幸福毫不顾惜我，
一闪而过。

幸福喜欢心无旁骛，
不喜欢想入非非；
幸福喜欢简单纯粹，
不喜欢欲望无边……

幸福就在我眼前，
和我捉迷藏。

专注时看不见她，
她却柔情依偎我身边；
倘若我急于把她拥抱，
她即刻逃离得无影无踪……

爱你的歌

春天一路花开，
盛装出场，
你飘然而至，
脸上盈满笑容。
你转身的时候，
我唱起了歌。

“你的歌真好听，
唱的是什么歌？”
这首歌，你似曾相识，
却想不起它的名字。
“爱你的歌。”
我袒露心怀，
如鸟儿应答，
花儿含羞。

春天，爱情的季节，
到处回荡着青春的旋律，
百花竞放，
天空弥漫着醉人的香……

假如爱是天意

假如爱是天意，
你是迎面走过去，
还是转身回避？
假如爱是天意，
躲过你的身，
躲不过自己的心；
假如爱是天意，
你定要在我生命里反复出现；
假如爱是天意，
风儿再猛，
也吹不断彼此的挂牵；
假如爱是天意，
奔流的心如江海，
越过千山万水
也要汇聚在一起……

下雨的时候

下雨了，
你撑着一把伞在雨中，
匆匆的车辆擦肩而过。
多希望，我就在过往的一辆车里，
向你微笑，挥手致意。

下雨的日子，心绪缠绵，
缠绵里有你。
下雨的日子，心情慵懒，
慵懒为你。
很想与你席地而坐，
品味慢时光，
话题很辽远也很随意。

下雨的时候，

我们也许相对沉默，
想着各自的心事。
无意间抬起头，
目光相迎，
才懂得各自的期许。
生活中有很多坎坷和不易，
心儿连在一起，
你怜惜我，我怜惜你。

下雨的时候，
你想我吗？
下雨的时候，
我坐在窗前想你……

我的率性

拥有的时候，
我很率性，
喜怒哀乐一触即发。
很少顾及
你为难的表情。
你尝试一次次走近我，
以温存的语调，
柔情的眼波，
而我依然如故，
肆意践踏你的感受。
有一天，
你突然消失，
寂静无声，
我投入湖心的石子，
再也无法溅起水波……

如果不能爱

如果不能爱，
把爱悄悄掩埋，
如流星滑过，
欣赏片刻足够。
风雨中孤独无力，
也不要寄托梦境。

如果不能爱，
请你悄悄躲起来，
把相思的线儿剪断，
不要留下理不清的麻团。

如果不能爱，

不要紧紧攥住，
手中风筝的线，
放开她
——高飞蓝天。

原以为告别是一种轻松

原以为告别是一种轻松，
你从此在我生命里消失。
却不料，
我的心旋即失控，
坠入茫茫幽谷……
在群鸟觅食的树下草地，
在深秋渐变的树叶之间，
在阴晴不定的忧郁天空，
在星辰满天的清冷夜晚，
我屏住呼吸
等待你的消息……

你为何这般鸦雀无声

春日，春日，
树叶还没发芽，
你说，我爱你，
今日河水明日到桥头。
冰雪尚未消融，
怎敢相信，
爱河的奔涌？

夏日，夏日，
河水疯涨，
卷着热浪，
你兜着爱情的花果向我游来，
我惶恐逃掉，
“呀，爱河之水太迅猛，
我怕，怕它把我淹没……”

秋日，秋日，
蝴蝶痴恋山花，
溪水欢腾；
林间的草木啊，
激情似火，色彩纷呈。
痴情的人儿呀，
你在哪里，
为何这般鸦雀无声？

思　念

这是我吗?
我的大脑还在,
为何凝固?
我的眼睛依然,
为何什么都看不见?
我的心呢,
她跑到哪儿去啦?
为什么要狠心丢下我
自由飞出,
把身体变成一具空壳。

如果有一天

如果有一天，
我说离开你，
不要吃惊，
也不要叹息。

如果真的离开了，
如水的日子悄悄滑过，
玫瑰的花香芬芳四溢，
那是我把你想起。
心动的感觉，
波澜涟漪……

如果有一天，
我们老了，
耳聋眼花，

孩童不相信我们任何的话语，
无人知道我们的过去，
但爱情的记忆，
在彼此的拐杖里更加清晰。

如果有一天，
我们有一个人将要离去，
环顾四周，
最想见的人还有你。
那时不知我们是说出来了结心愿，
还是永远埋藏在心底？

如果有一天，
我们都离开了人世，
山还是伟岸无语，
大地还是四季交替，
只有风儿摇曳着荒冢的野草：
“这里埋藏着一个爱情的传奇。”

丁香花自语

你徘徊丁香树前，
闻了又闻，
沁入了我的花香。
我有幸又不幸，
离你最近；
你小心又小心
折下了我。

你把我带回家中，
对我说：
“我不是要占有你，
是想完成一件作品，
你就是花香的代表，
其实我也不忍心。”

为了你的作品，
我久久不愿枯萎，
你惊异我生命的顽强，
我爱慕你怜我的心。

当所有的丁香花，
卷入泥土，
我却化作了你，
桌上的标本。
我失去了往日的容颜，
枯萎的模样，
是不是很难看？
但如果你再靠近我，
就会闻到，
我干枯体内，
还散发着缕缕幽香……

我是你的爱人

亲爱的，你在哪儿？
为什么我看不见？
我在寻找你，
你向我走来又转身，
消失在茫茫雾色。

渴望你的爱抚，
你却和我保持距离；
渴望你凝视我的双目，
你却把眼睛移向别处。
你躲避我，
却在远处偷偷地看着我，
你脆弱的心，
不敢迎接我如火的激情。

“我是你的爱人，
永远是你的爱人，
亲爱的，请你挺起腰身，
我只为你流泪，
你深深嵌入我心。”

初恋洁白的婚纱，
深爱的红霞，
永远缭绕我生命里。
我的心只属于你！

你总是对我怀有很大期望

你总是对我怀有很大期望，
告诉我为实现理想应该怎样。
你总爱用一把尺子衡量我，
告诉我达到目标应该那样。
为成全我，你宁愿牺牲所有，
但你却不懂我的心。
当你用尺子衡量，
我已被固定一个点。
当你期望过高，
我想挣脱你的羁绊。
唉，亲爱的，
能不能当作我不存在，
游离于你的视线之外？
不要目光紧紧注视我，

不要心儿沉沉惦念我。
你的付出已植入我的心底，
你的期许已装进我的行囊，
唯愿你与我同行，飞向远方……

我是你的太阳

你喜欢我来到你身边，
我是你的太阳。

太阳没有眼泪，
你看到的我，
尽是温暖和欢笑。

我把阴雨留给自己，
在无人的地方，
把自己淋透。

走出去，
如明媚的朝阳，
人人皆可在我身上，
沐浴阳光。

陷　落

想了解你，
你却隔着窗子与我相望。
想疏远你，
你却一再告诉我要珍惜。
你在不远不近的地方住，
你在不深不浅的水中央。

我想找到你的瑕疵，
搪塞你，
却找不到理由；
我想试探你水深何处，
却触不到边沿。
你是谁?
从哪里来?
我已陷落你深深的水中……

向往春天

走在冬日暖阳的山路
心儿已向往春天。
草儿如何钻出嫩芽?
树上的花儿都是哪一个?
请告诉我，你的名字。

一棵棵擦肩而过的树，
是杏子、梨子还是桃子?
我多想知道。
你们却沉默不语，
是不是等到春天来临，
才肯幸福地告诉我。

孩子这本书

孩子是一张张洁白的纸，
等待你把它书写；
孩子是一幅幅美丽的画儿，
等待你把它装订成册；
孩子是盈盈的潭水，
清澈见底；
孩子是一个个未知的谜，
等待你破解。
和孩子在一起，
就是和幸福快乐在一起。
孩子这本书，
需要你认真翻阅。

偶　趣

公交车上
我打开车窗，
看顾城的歌：
“花儿飘落，花儿飘落，”
“露水真多，露水真多。”
“啪”，一粒树籽
越过车窗，
打在我的书上。
她也跑来凑趣儿，
“哦，真好！”

你已走远

雨后的天空，秋风乍起，
树叶簌簌作响，带来阵阵凉意。

你的音信日见稀薄，
不似过去，层层叠叠地密。
树叶已倦怠，
难道你也疲惫？

不再迎来笑语盈盈的你，
心儿也不再起伏飘落。
原来爱情也有春夏秋冬？
我在灯下沉吟自语……

你已走远，
望不到背影。

没有道别，
却心照不宣。

雨后的天空很蓝，
太阳出来，云儿如雪。
我的心里被一片阴云涂抹，
淡淡地忧伤。
爱情渐行渐远，
在风起的时候，
在寂寥的秋日。

有一种爱

有一种爱，
如花绽放，美丽芬芳，
然而却在没有凋落时，
转身走开。

有一种爱，
一个眼神，一个短信，
就能掀起滔天巨浪，
却缄默如云。

有一种爱，
从不相约，
却不约而同，
在寂静深夜里辗转无眠。

有一种爱，
永不指望相见，
可到了生命的最后，
还心心念念。

你的闪现

原以为爱情有一个
神圣庄严的名字,
不承想,
你平常的模样
却走进我的心田。
原以为爱情在一个
特定的场合发生,
那里铺满鲜花,
想不到,
你却在不曾预料的时刻,
在我生命转弯之处
出现……

掉落到河里的宝石

你是我不慎掉落到
河水中的一颗宝石，
在波光潋滟的水中
明亮闪烁……

“是不是把你捞回？”
我左思右想，
在河岸徘徊；
我只能俯视你，
无法走近你，
心绪烦乱……

我看到，清澈的河水滋润你，

众多沙砾，
把你映衬得更加多彩美丽，
“哦，那里才是你的归处。”
于是，我心安然……

渴望生命的新绿

年轻时，喜欢抬头看天，
白天，看天上流云，
树上飞鸟；
夜晚，寄予月亮，
数天上繁星。

如今，
渐渐老去的我喜欢低头看地，
看寒冬里树木的身姿。
哪些已枯死？
哪些还深藏绿意？
只想做一棵活着的树，
哪怕仅仅是一根枝条，

春天也会蓬勃绽绿。

梦已远去，
我仍然渴望生命的新绿！

一粒尘土

我重要吗？
在缥缈无边的大千世界，
我是一粒尘土，
挤压在众多尘土之间，
平凡至极。

我与众多泥土一起，
护佑着生命的成长。
在我身上，
春天草儿泛绿，
花儿含苞待放，
禾苗生长出来，
大树把我卷进她深深的根须。

在尘世里，

我并不重要，
风儿任意把我吹向何方。
没有了我，
大地依然厚重，
万物依然茂盛。
曾经被我养育的花草树木，
又会寻找新的土壤，
焕发生机。

在尘世里，
我又很重要。
只要我没有停止呼吸，
就会不断奉献自己，
散发泥土的清香……

一首好诗

一首好诗，
带给你无限情思，
你在她身边久久停留，
如置身无际的蔚蓝……

一首好诗，
总在你心头徘徊。
眼前，落叶柔情地飘落，
耳畔，天籁之声环绕，
往事潮起潮落……

一首好诗，
写江南烟雨，
呈大漠孤烟。
哪怕你此刻躲在一个角落，

也被她轻轻叩动心弦……

一首好诗，
悄悄地把你引入她的角色，
变换着情感。
你陶醉于喜怒哀乐，
却幸福无限……

我们的友谊像清泉

你对我的好，
我拿什么来回报。
给你桂冠？
呀，我没有这个权力。
给你贵重的礼物？
你呀，一定不知所措，
还会投来惊讶的眼神。
我们的友谊像清泉，
只钟情于山林。
我最美的礼物，
是送你山间的小花，
随意撷取一朵，

放在你面前，
哦，我看见了你会意的笑，
如花儿一般……

2021 年 11 月 15 日

有花的日子

万物葱茏的季节，
我总要上山采一束野花，
插在花瓶里。
我不在乎花儿的大小和颜色，
所有的花在我眼里都无可取代。

我从不刻意地插花，
变换角度；
任花瓣撒落，
我垂青她自然的样子。

有花的日子，
我的心里就有了依靠，
不再孤单落寞；
有花的日子，

涌起了美好的憧憬
和彩霞的梦；
有花的日子，
我的思绪不断，
没有完结和终点；
有花的日子，
回忆往事，
我的心像大海的波涛……

万物葱茏的季节，
我总会信步山上，
寻一束花于手中，
我生命的花朵，
此时正在悄悄地绽放……

那颗心

那颗心，
总是牵扯着尘世，
无法冲出我的躯体，
飞向蓝天。

那颗心，
总在现实里游荡，
无法跟随理想的脚步，
大步远行。

那颗心，
在烦闷的屋子里徘徊，
多想打开窗，
在寒冷的冬季。

那颗心，
岂能被封闭？
它已向远方眺望。
那颗心，
不能再窒息，
它已飞出窗外，
与小鸟合唱……

没有空间的时候

你被忙碌包围，
所有的缝隙都被塞满，
头颅四周，
已筑起高墙。

没有空间，
思维就没有流动之水，
没有山林，
没有鸟儿的飞翔。
没有空间，
无法探望窗外
——大千世界奇异的景象。
没有空间，
理想之舟从哪里出发，
又到哪里归航。

没有空间，
也要创造空间，
否则，无异于将自己生命
——扼杀。

深秋的野菊花

深秋的野菊花，
漫山遍野绽放，
摇动我的心房。

为挽留花儿灿烂的微笑，
我踩着落叶，
来到开满菊花的山冈。
啊，树叶已飘落，
只有星星点点的野菊花，
秋风中瑟瑟开放。

我采了一束野菊花回家，
野菊花怒放着，

吸引我的眼神。
在万物凋零的时候，
她激情燃烧，
点燃我生命的火种……

多希望你想起我

多希望，我在你心中，
似斑驳的竹影，
清脆的柳笛；
似雾锁山岚，
似雨中撑着油纸伞的背影。

多希望，
你想起我，
如想起一首诗。
多希望，
我在你心中，
长久不倦；
多希望，
你想起我的微笑，
如鲜花盛开在眼前。

多希望，
我是你生命的一缕晨光，
驱走黑暗；
多希望，
我是你人生的最后一抹夕阳，
伴着你的脚步
缓缓走下山冈……

幸福的果园

我家不远的地方，
有一片林丛，
那里只有几棵小树，
星星点点，孤单冷落。

我在林丛中栽下
梨树、桃树、李子树、山楂树，
寂寞的林丛热闹起来，
春风中，
它们相互点头致意。
我默默许下美好的愿望：
“给路人一片仰慕的风景，
随手采撷丰盛的果实。”

从那天起，小小林丛

成了我信步而至的地方，
这棵树发出嫩芽了，
那棵树要开花了。
这片希望的果园，
引领我幸福的方向。

2020 年 5 月 2 日

想到心爱人有一天离开人世

想到心爱的人终有一天会离开人世，
我的心里就有一种莫名的悲伤。
到那时我不知道
我的心能否完整？

那时，我不知道，
孤单的我能否在黑夜
继续向远方航行？
不知道，
疲惫的我
能不能再挺起腰身？
不知道
痴情的我会不会沉湎于旧事，
看不见盛开的花朵？

那时我会忧伤，
忧伤笼罩心怀。
会有无尽的思念，
思念逝去的美好。

但我不会消沉，
为心爱的人，
努力做共同期许的事情。
那时，对你的爱更加起伏跌宕，
如汹涌的潮水……

2020 年 9 月 11 日

爱在哪里

我的爱在哪里?
在春天的花丛里吗?
在翩翩翻飞的彩蝶里吗?
不，这远远不够，
你的爱灌注了我的双眼，
目视的一切都是你。

我的爱在哪里?
在沙沙的细雨里，
还是在婉转动听的音乐里?
不，这远远不够，
大自然所有美妙的声音
都是爱情的音符。

我的爱在哪里?

在春日的大地上，
还是隐藏在秋天的果实里？
不，这远远不够，
自从你用一颗赤诚之心
撒下温情的种子，
你的爱就生长在我的生命里。

2023 年 2 月 25 日

快　递

快递员来电话，
说有一个京东快递。
“我没有下单什么快递啊？”
他却明确告诉我，毫不迟疑。
“把快递放到小区物业，我有空再取。”
我闲了一个下午，
忘记了快递的事儿，
晚上忽然想起。
谁给我的快递呢？
无缘无故，意料之外。
也许是投错了地方？
也许是利益的驱使
引导我消费？

不，还有一种可能，
远方的友人，
给我送来一份惊喜……

2023 年 8 月 23 日

与你相识的路上

与你相识的路上，
我不在意你是否记得我，
不在意如何让你刻骨铭心。
只留意我是否温柔待你，
是否袒露了我的心胸？

我愿是你必经路上的一棵树，
阳光下闪烁着碧绿的光芒。
我愿是你路边的一朵花，
风姿摇曳，欢喜着你的笑容。

我愿是一朵洁白的云，
在你停歇的路上，
与你挥手致意。
我愿是一片静静的月光，

黑夜里，
朗照你甜美的梦境。

与你擦肩而过的路上，
我不求你频频地回望，
只愿化作一缕缕温暖的春风，
轻柔地吹拂你的面颊……

2022 年 1 月 2 日

我的眼里总有片片落叶飞舞

我的眼里总有片片落叶，
从树上飞起，
在天空徘徊。
落叶是我的情，
我的心，我的爱，
——我逝去的岁月。

落叶眼里含着情，
有忧伤，也有欢喜。
告诉人们曾有的青涩和萌动，
曾有的花开和果实，
曾有的相爱和别离，
都随风而去，随风而去。

一片片落叶有幽怨，

也有慰藉。
她们不再挂在枝头，
不再青春灿烂。
重归泥土，
给更多的生命提供养分，
是她美丽的心愿。

落叶飘飘，
迟迟不肯下落，
飞舞着，盘旋着，
告别的时刻，
也是生命的重启……

2022 年 3 月 20 日

我的爱人

我的爱人外表挺冷淡，
他的内心好像布满愁苦，
他不够浪漫，
也不爱探索新奇，
总爱在一条路上走来走去。

我的爱人不会甜言蜜语，
也不会时时捕获我的芳心，
他总是很疲惫，
对世间的一切。
他表面上很淡然，
内心却不曾有片刻的安宁。

我的爱人很在乎我，
对我的事情敏感又关心，
他从不让我受委屈，
也不强求我这样或那样，
他喜欢看我在天空飞翔。

我的爱人一生都努力靠近我，
他读我读过的书，
尝试我走过的路，
他曾想过千万种方法，
怎样与我有共同语言。

我的爱人在意我的理想，
总劝我放下什么，
尽快抵达彼岸。
我却告诉他，
理想的实现不是要排除其他，
交织着各种矛盾，
负重前行，才更有趣味。

我的爱人，
随时整理好衣裳，
在前方默默等我，

一路的好风景他都无暇顾及，
我要去的地方，
就是他驾驶的
——方向。

2022 年 4 月 7 日

向往春天的思绪

当大地还被冰雪覆盖，
向往春天的思绪
已应接不暇……

我要去山坡上，
看吐绿的那片小草，
她们有鹅黄的容颜，
就像刚刚出壳的小鸟。

我要在山坡的空地上，
种几行果树，
看春日繁花似锦，
游人嬉笑如织。

我要推掉那些
与春天无关的事情，

细数花开的次第，
晒暖暖的太阳。
我不错过每一种花开，
她们妩媚的容颜，
迷人的笑窝，
深深地把我吸引……

2022 年 3 月 21 日

我喜欢你忘了我

我喜欢你忘了我，
这样你就不会陷入烦恼。
等待一个人多么漫长，
在一分一秒的嘀嗒声里，
眼睛凝视着一个方向，
窗外一切繁华都看不见，
只为那个人从天而降。

我喜欢你忘了我，
这样你就不会陷入思念。
思念的人喜欢站在雨中，
拉长自己的思绪；
喜欢听忧伤缠绵的歌曲，
踏上铺满落叶的路。
思念很苦，

我不忍让你受尽折磨。

我喜欢你忘了我，
那样我们的天空就会日日晴朗。
牵念宛若一条相思线，
把它放飞到天空吧，
自由奔向大海和蓝天。

我喜欢宽阔的你，
放眼远方的你，
心中装着更大世界的你。
超越我，不为我羁绊。
你的快乐就是我的，
你人生的成就，
就是我的幸福。

我喜欢你忘了我，
那样我就没有负担，
那样我就不会有所辜负。
不要止步于我，
我也不止步于你，
我们都沿着自己的方向，
努力生长！

春天的果树

春天我漫步楼前的小道，
一棵棵果树，开着花，
我的眼前星光闪耀。

这是谁种的果树？
她们小小的身躯
何时长大？
寄托了主人多少期望？

我也种下了几棵果树，
它们在春天里开花，
稀稀落落——
却改变了我生命的颜色。

拈一朵花在嘴边

拈一朵花在嘴边，
薄薄的叶片细腻柔软，
我触碰了她的温唇。

我把花朵置于手中，
反复观看，
那黄色的花蕊
像幽怨的眼神。

我把花朵移到鼻尖，
她暗藏的体香，
久久令我沉醉……

2022 年 4 月 19 日

春天，把我的青春唤醒

我行将枯萎，
像秋日树上的一枚叶子。
你，春天来了，
把我沉睡的青春唤醒。

春天啊，
你匍匐我的胸前，
温柔抚摸我的双颊，
花儿一样微笑，
灿烂我的心房。

春天啊，
为我贫瘠的身躯注入松软肥沃的土壤，
吐出新绿，绽放花蕊。
给即将干涸的我注入泉水，

我的双目清澈又明亮……

春天啊，
把我揽进你温暖的胸膛，
用无限的柔情，
我变成多情的少女，
快乐芬芳。

春天，你来了，
浓烈的情感包围我，
炽热的眼神追随我，
一刻不停。

我行将枯萎，
像秋日树上的一枚叶子。
啊，美丽的春天，
你把我沉睡的青春唤醒……

孩子是一盏灯

孩子坐在我怀里，
窗外高高低低的树，
把我们陪伴。
树木呈现不同的颜色，
深绿、碧绿、黄绿，
在阳光下闪耀。

我指着窗外参差的绿问孩子：
“所有的绿色中，你最喜欢哪一种？”
孩子指着窗前最近的一棵树，
她一身黄绿，
像春天的嫩芽初放。
“我喜欢这个，
她就像一盏盏灯，
如果是晚上，

一定能照亮黑暗……”

孩子的话
模糊了我的视线，
他变成了我眼前的灯，
犹如他眼中——
照亮黑暗的树。

2022 年 5 月 9 日

一轮圆月的夜晚

一轮圆月的夜晚，
月亮爬上山冈，
也悄悄爬上我的心头。

你来到我身边，
多情的眼睛把我凝望。
你对我的爱数不清，
就像满天的繁星。

你和我站在夜空下，
看一轮圆月多么皎洁，
她快速地行走着，
穿透所有的云雾。

一轮圆月的夜晚，
我们醉在槐花飘香的山林，
夜莺啼叫，
声声地呼唤爱情……

向爱情告别

当我向爱情告别，
什么也不想说，
只想趴在床上，
听一曲忧伤绵长的歌，
歌声阵阵叩打心怀，
我泪眼盈盈……

当我向爱情告别，
走上一条无人的山径，
青翠的树木告诉我，
生活依然美好；
蓝蓝的天空告诉我，
远方在铺展理想。

当我向爱情告别，

眼前会出现离别的场面。
我独自踏上远行的列车，
心爱的人出现在站台，
默默向我挥手……

你云一样在我眼前掠过

你，心地柔软又善良，
清澈的眸子，
露珠一样。
你的声音婉转动听，
如鸟儿啼唱；
你的笑容含蓄温柔，
如徐徐盛开的花朵。

你身着一袭水蓝色衣裙，
梦幻般美丽，
云一样在我眼前掠过。
我多想追上你，
和你一起飘，
你却默默远去不回头。

你带走了春天的妩媚和灿烂，
我的心即刻陷入伤感，
秋风阵阵，
落叶簌簌……

你还是青涩的模样

再见你时，银丝布满你的发间，
你深深叹口气，
把尘世的压力释放。
好像一个孩子，
在外面受了委屈，
回到家里一样。
但你没有述说，
目光向着前方，
留给我宽厚的肩膀，
告诉我，你足够坚强。

我轻轻抚摸
把一切苦难都扛起的肩膀，
想起往昔路上的你我，
泪水默默流淌……

你曾在海边写我，
把你的爱汇入大海的涛声，
一朵浪花一份情。
你曾在草丛中写我，
青春的我，
是你漫步草间撷取的最美花朵。
你曾坐在书桌旁写我，
思念如拉开的抽屉，
你在此间，寻寻觅觅……

岁月默默流淌，
当初那个自信的你，
沧桑布满了眼角。
但你留给我的背影，
依然像一棵树。

你转向我时，
露出了灿烂的笑容，
你眼睛里的那束光，
让我看到你青春的眼神。

走过泥泞，走过四季，

你还是青涩的模样，
如青青的杏子挂在枝头。
狂风暴雨，
也没有把它吹落……

遇见好书

遇见好书，
我爱不释手，
久久地品尝她的味道。
作者的名字、经历，
书面的颜色，
书中或温馨或犀利的语言，
多少年以后，
也不会忘掉。

遇见好书，
如邂逅一位饱经风霜的智者，
重新开启我的思维，
影响我今后的道路。

遇见好书，

就想走到哪里，
都随身携带，
有一点空闲
就把她慢慢翻阅。

遇见好书，
就想包裹起来，
给她穿上美丽的衣裳。
把绚烂的一片枫叶
置入她的心怀。

遇见好书，
宛如遇见一位知己，
情愿与它一生相伴。

2022 年 10 月 31 日

我不忍在你湖面投一枚石子

你好吗？
好几次想叩开你的房门，
却停下脚步，转身离开。
你静静的样子最好，
我不忍在你湖面掷一枚石子，
卷起一池波澜。

你那一池湖水啊，
面对蓝天多么欢畅，
微风习习，吹起阵阵涟漪。
我来到湖边，
倒影在湖中漂荡。
多想蹲下身，
掬一把水洒向你，
重现青春的模样。

少年的我，
曾来到你的湖边，
摇动你岸边的垂柳，
搅动过你的芳心，
你亲吻我的手臂，
目光如秋水。

时光飞逝，
如今的我溢满忧伤。
不愿把伤感的泪水
滴进你明净的湖面。

请记住少年的我吧，
青春朝气，
梦中也被你环绕。
如今的我心已苍老，
再不忍掷一枚石子，
搅乱你平静的心房……

2022 年 11 月 11 日

献给姐姐

你在黑夜里，我也在黑夜里。
我要挽着你的手一起走。
我怕你孤独害怕，
我怕你突遇意外，猝不及防。

你在阳光下，我也在阳光下。
尽管你低头不语，
我要指给你天空的太阳，
我要告诉你花儿正芬芳。

你多么烦闷，我也不离开你。
你冷漠对我，我也笑容对你，
尽管此刻我心里流血，眼里含泪。
我是你的指望，
你希望的全部。

你心灰意冷，闭上眼睛，
久久不愿睁开。
这个世界为何把你伤得如此之重？
你的样子令我彻夜难眠，彻夜难眠……

过去，不晓得我会如此疼爱一个人，
今天才知道，
你的伤就是我的伤，
是我身上的道道鞭痕……

我永远爱你，疼你。
我愿久久凝视你，
告诉你，这个世界我爱你。
我的心不曾有片刻离开你，
不曾有片刻离开过你……

2023 年 9 月 21 日

清晨橘色的阳光

清晨的阳光是橘色的，
窗外的石墙在她的照耀下，
露出温柔的笑容。
天空在她的映衬下
碧蓝如洗。
树木一动不动，
静静享受她的爱抚。

橘色的阳光是爱人的眼睛，
此刻正把你深情凝望。
橘色的阳光是母亲的胸膛，
倚在她身上，
不再有惶恐和失落。
橘色的晨光升腾着希望，
把一切痛苦和不幸扫荡。

橘色的晨光升起，
我的眼睛久久凝望。
她霞光万道，
把无私奉献给世界每一个角落。
贫寒的人，
也能得到她的温暖。
濒临死亡的心，
也能在她的光照下，
走向新生……

清晨橘色的阳光，
人生之曙色，
万物之生长……

春天，我要建一个鸟屋

春天，
我要建一个鸟屋，
让小鸟看见第一朵花开。
春天，
我要写一首诗，
让人人都能看见。
春天，
我的衣服上都是光亮，
太阳照耀我。
春天，
我站在阳台上，
请给我拍个照片。
春天，
大树变成了绿色，
我的心很暖……

第二篇　遐思的云朵（组诗）

洁白的云朵，
在蓝天飘游，
招惹你，
直想向它奔去。
那里有纯洁的爱情，
那里有醉人的梦……

——题记

1

灵感在飞翔，
飞翔在诗的海洋。
心如喷薄的火焰，
情似奔腾的大江……

2

不管是快乐还是忧伤，
岁月给予我的，
我都精心珍藏。
快乐如春天花开，
雨后彩虹；
忧伤，
如夏日的青果，
苦涩难忘……

3

我要努力使心地纯净，
像荷花一样。
不然，我怎么能让你
——我的爱，
在我的心房里安歇？

4
喜鹊喜鹊，你在哪里
喳喳地叫？
我在树上寻找你。
哦，找到了，
你站在树枝上，
翘着长长的黑尾巴，
正和我对望。

5
爱是深深的牵挂，
又是长长的叹息，
说出来未到情至，
情至之处难以述说。

6
你在看我的诗吗？
我看见你的眼睛，
正追逐我的文字。
还有比这更动心的吗？
尽管此刻，
我们都相互沉默。

7
我的语言和歌声，

不为鸟儿驻足倾听，
不为博得喝彩和掌声。
只为汇入江河大海，
浪花里笑对苍穹。

8
湖边弯弯的小路上，
鸟儿在树上比翼歌唱，
此刻，我的心中，
也有歌儿在流淌……

9
日，
穿过乌云，
透过绿荫，
使天空光辉明亮。
人，
是否也可以穿过雾霾和沉重，
使身边一切都轻盈飘舞？

10
啊，知了，
树上的知了，
你为何不知疲倦地鸣叫？
是不是因为生命太短暂，

才急于宣泄？

11

你像纷纷扬扬的雪花，
在我面前瞬间融化，
不曾有片刻停留。
但我那颗被你淋湿的心儿呀，
却结满冰霜……

12

心情如海浪，
哪有过片刻的停歇？
她时而汹涌如潮，
时而波光荡漾……

13

我不希望你走远，
也不希望你走近，
最好是站在对面，
彼此相望。

14

你总是把我置于安全的地方，
告诉我外面世界的凶险，
我却思量如何越过你，

高飞蓝天。

15
你的怀抱很温暖，
像春天的阳光。
我却不想久久滞留，
我渴望狂风暴雨……

16
只要活着，
我就去逐浪，
哪怕只能溅起，
小小的浪花……

17
探寻路上，
你惊异小小的花开，
因为它，
会使你的脚步更加坚定。

18
朋友，你把欢乐给我，
可我更爱你的忧伤。
因为快乐很快过去，
忧伤却直抵心房……

19
我喜欢你是雄鹰，
高飞蓝天。
而我只想做一朵幽静的
无名小花，
在你栖落的地方，
散发幽香……

20
孤独的时候，
内心寂寞又空旷，
我四下寻找，
找不到支撑之物……

21
走过千山万水，
寻找幸福和诗意，
发现她们就在眼前，
如同身边花草。
假如你感受不到美好，
去远方也难以找到。

22
生活中的美，

就像夜色中的萤火虫，
时时在眼前闪现，
照亮黑暗的旅程。

23
心爱的人啊，
当你沉默高傲时，
我只想关闭心门；
当你拉起我的手，
把满腹委屈诉说，
我匍匐在你的膝前，
那样虔诚。

24
诗，
凝结着饱满的情感，
深邃优美的意境。
给你无尽的想象，
一个朦胧而美丽的答案。
诗，
情感的落脚，
场景的一幕幕再现，
委婉地道出你曾走过的风景
和那些挥之不去的眷恋……

25

你若是棵大树，
我想倚在你身上歇歇；
你若是一朵柔弱的小花，
我愿用整个身躯为你遮挡。

26

没有什么缠绕心怀
放不下的；
没有什么羁绊脚步
走不脱的；
心在哪儿，
你就去哪儿吧！
有限的生命刻度里，
别辜负了好时光。

27

我努力寻找开阔之地，
欲把心放在那里；
我奋力攀岩，
欲把目光置于高山之巅。

28

我的忧伤溢满心怀，
无处排解，

解开它的钥匙，
却装在心爱人的兜里。

29
一片枫叶，
静静地沉在湖里，
如血染的心。
她深情把我凝望，
欲把无尽的缠绵述说……

30
那飘舞的纱巾，
是我抛向天空的彩练。
美丽的大自然，
是我挚爱的情人。

31
清晨来临，鸟儿欢歌，
我心儿纷乱，难解难分。
但愿你们不要和我一样，
把相思挂在心怀。

32
即使你爱我，
我也不想生活在狭小的空间，

我要像小鸟一样飞进又飞出……

33
人啊，
千万不要把命运寄托给他人，
那样，你就会失去自己，
如漂浮海上的孤舟……

34
梦想离你很近又很远。
它是你苦苦跋涉，
却难以抵达的地方。

35
当眼前不再有繁花，
我把身边的树叶，
也当作花儿一样欣赏。

36
我如何飞翔，
在凌空之上，
在乱云之间？

37
无论多大年纪，

春天里，
你都是一个新的生命，
重新萌芽，充满欢喜！

38
心中最美的风景在哪里？
在山之遥水之蓝的地方。
我举步永远难以抵达，
却如此深情地向往……

39
我的爱，
也是我的痛，
在轰轰烈烈之后，
飘落到秋日的小径……

40
对你的爱恋和欣赏
悄然升起，
怦然心动的感觉，
令人神往。
爱情的眼睛里，
藏不住光芒。

41

我喜欢苍茫大地的
一点点青翠。
它犹如黎明的曙光
升腾起无限的希望！

42

抬头看云惊叹其美，
却有一丝苦涩在心间。

43

你奢望越多，
所得越少。
这个结果，
你当初并不知晓。

44

春风习习，杨柳依依。
我的身姿也随之婀娜，
踏上了春天的旋律……

45

有些人，
一旦相爱，
就再也不想分开。

但有些人，
相爱就是分离……

46
初相识，
你如云雾缭绕
在我的天空，
渐渐地，云开雾散，
真实的你出现在眼前……

47
你是我心头的一块重石，
紧紧压住我的胸口，
痴情的我，
从未想过把它移开。

48
虽然身处寒冷的冬天，
我的心却随你步入
柳枝婆娑、百花争艳的春天。
我不解其中奥秘，
什么力量驱使？

49
当太阳穿透云雾照射大地的时候，

也照亮我心里的每一个角落。
此刻，
我心中犹有一轮红日升腾！

50
落叶并不使我忧伤，
那是他们倾心的爱恋，
是对大地撒下的
深情花瓣……

51
走过的路渐成往事，
爱情怎么能忘记？
虽然已不见她的踪影，
我还是站在路口频频回望……

52
幸福里也有不同的滋味。
有的人，
幸福得甜蜜；
有的人，
幸福得忧伤。

53
有的爱，

情愿为一个没有结果的希望
守候千年；
有的爱，
即使远隔千山万水，
也要把它实现——

54
微风拂面，
湖水微澜，
激情漾心间。
此刻，我是一个诗人。

55
只要把一块石子，
轻轻投入她的波心，
就会顷刻间搅乱她的平静。
但我不肯——

56
爱情不需要承诺。
如果你爱我，
没有承诺也会相守。
如果你不再爱我，
承诺就是一道枷锁。

57

我的眼睛啊！
能否化美丽为神奇，
视平常草木为星光闪烁？

58

最显赫的资本不在外在，
也不在于被他人如何认可，
它深藏于自己的内心，
那里有不竭的泉眼。

59

我尝试了与你的种种，
往前走一步，
或往后退一步，
都是无边的苦海。
倒不如斩断它，
只痛苦一次。

60

每当我到泉边饮水，
发现那生命之水也在干渴；
我饮它时，
它也饮我。

61
我的忍耐
并非没有止境，
超过一定限度，
就会反击。
无论谁，
都无法掠夺我心灵的自由。

62
小小的夜来香啊，
含着露珠开放，
路遇你，
我是那样欢喜！
靠近你，
我嗅到了爱情的芳香！

63
春天里那个生机盎然的花儿，
在夏季里枯萎了，
但它还在努力，
给大地留下团团花籽。

64
思念，
宛如深秋的枫，

不经过岁月沉淀，
不会这般殷红。

65
冬日的月光下，
雪花在窗外静静等候着
我的探望。

66
忧伤不是我的本色，
尽管它时而占据我的心房。
我生命的主旋律
——拥抱太阳！

67
夜空中，
有颗星星是你的眼睛。
静谧的夜晚，
它总在我的眼前闪烁，
搅动我心怦怦地跳动……

68
蝴蝶翩翩落在花上，
一首无名的歌儿，
涌入我的喉咙；

一曲轻轻飞舞的音乐，
落上我心头……

69
谁没有成就功名之心？
只不过，走向它的时候，
有的人心里有一团火在焚烧，
有的人却如水淡定。

70
无论在月儿高悬的夜晚，
还是晨曦到来的黎明，
我的心儿啊，
都禁不住波涛翻涌。
那些美好的过往，
动人的情怀，
连绵不绝——
如起伏的大山……

71
为何咫尺相送，
却选择沉默？
唉，罢了，
不要增添新的负重。

72

“如果当初我勇敢，
结局是不是不一样？”
“如果当时我察觉，
人生是否会改变？”
你曾如此自问，
设想过各种人生。

73

在没有花开的季节，
女孩的笑容就是绽放的花朵。
她把花开的发卡戴在头上，
那朵花儿就盛开在心里了。

74

真想钻进童话世界，
用好奇的眼睛，
稚嫩的心儿，
天使的情怀，
甜美的歌声……

75

喜欢的书籍啊，
我把你深深依恋。
你有鲜为人知的风景，

你深藏的谜底，
尚待破解……

76
幸福是不论身在何处，
都向往纯净和光明。
幸福是走在黑夜，
不低头看泥泞的地，
抬头看满天的星。

77
有充实的生命，
又不炫耀。
走过春夏秋冬，
又无人知晓。
默默地站在风中，
芬芳枯萎，
多么幸福！

78
面对一颗爱你的心
不想多言，
只想把手放入他的掌中。

79

我坠入情网，
深不见底。
哦，亲爱的，
我不想让你把我接住，
或一同下落，
只要你平安幸福，
我死也甘愿。

80

有的人走近了，
如火的心肠温暖你；
有的人走近了，
心情煞是寒凉——

81

人过分张扬，
就像扬起的尘土，
一时迷住他人的眼睛……

82

大雨到来前，
一棵孤独的树在风中狂舞，
这是它最快乐的时刻，
大地天空都是她的观众。

83
我的情啊，
已湿润大地，
我多想用它浇灌新的生命。

84
江河湖海，
储存着大地母亲的能量。
它给予大地的，
也流淌在我的身上……

85
如果，我没有资格爱你，
我会把爱藏在心底，
在春花秋月里唱一首抒情的歌，
在山间小路吹着口哨，
慢慢老去。

86
有一种爱，
不想打扰，
只想把它放在岁月的桌前，
任清风翻卷。
有一种爱，

无人知晓，
只想把它藏在记忆深处，
与生命同在。

87
想好的事就去做，
如天地间的草木，
不去想了又想。
不把忧伤挂在心怀，
如自然界的天空
云开雾散。

88
当你俯身亲吻花儿的微笑时，
你并不在意她是否爱你。
当你离开时，
花香已沁人心脾……

89
她把爱
热烈地呈在我面前，
我没有看到她的全部，
却被她手中不经意滑落的
那束花枝——吸引。

90

年轻时，爱上一个人，
就想去拨动他的心弦。
成熟以后，爱一个人
不愿打扰，
只想默默祝福他，
晨光里，
夕阳下。

91

有鹅卵石的地方，
即使没有河流，
我也知道它被河水长久地爱过，
亲吻过。

92

光明来到的时候，
黑暗躲在一旁。
如同快乐来到，
忧愁悄悄隐藏。

93

在高原山峰，
云儿并不神秘。

她飘飘的羽翼，
触手可及。

94
爱情离我远去，
我不敢再牵她的手。
我吃惊地看着她，
像刚刚认识一样。

95
夜晚的梦，
很少能记住。
童年的梦，
却跟随自己一生……

96
一部好作品，
能让你看到飞翔的痕迹……

97
我羡慕脚下的小草，
有顽强的生命。
绿遍天涯海角，
是她博大的胸襟。

98
爱怜一朵小花一棵小草的人，
内心敏感而柔弱。
她愿意待在自然里，
过春夏秋冬。

99
鸟儿不用羽毛取悦于人，
用它美妙的歌声。
人不必以姿容炫耀，
用美丽的心灵。

100
我想去看海，
它就是我起伏跌宕的心，
渴望无边的辽阔。

101
在他人的伟大面前，
我也在寻求自己的伟大。
尽管她犹如石缝中，
生长的一朵小花。

102
简单的一束花，

能让我的幸福持续很久。
把大自然的花香带回家，
你就有了自然的气息……

103
人的简单和清纯，
不仅在心里，
也写在脸上。
脸儿有欢喜的笑容，
双眸好奇明亮，
走到哪里，
哪里就有春天生长。

104
我的诗像大海的浪花，
无穷无尽。
我从来没有失望过，
无论生活怎样对我，
我总能找到自己的航向。

105
耀眼的花儿啊，
你是春天的音符，
在风中激荡……

106
爱情就是春花秋月，
她融入我们理想的生命，
也融入我们更深的梦境。

107
所有颜色的花儿，
都是爱情之花。
不同颜色的花儿，
有不同的爱情梦。

108
他人眼里的我，
也许非凡高大；
我眼中的自己，
就是寻常模样。

109
我的爱啊，
你忽而被海浪淹没，
忽而又裸露于沙滩之上。

110
春天像个素雅的女子，
不施粉黛，

却面若桃花。

111
那些曾经渴望和拥有，
而今不再属于我的，
是不是梦幻？
把她当作梦幻，
我心中充满失落和忧伤。
若欣喜于她曾经的来过，
我的天空，
再也没有阴雨和惆怅……

112
生命每一天，
都被自然之美包围着，
我目不暇接，
在它的怀抱。

113
爱情初始，
我祈祷它天长地久，
可当她植入心田，
我却听从沉默，顺其自然。

114
俯视大地，
春天的花儿
就像洒落的繁星……

115
当我有“写诗”的想法时，
还游离于诗外；
只有情景交融，
不再有你我之分，
才进入佳境。

116
我的爱，
隐藏在花叶里。
花儿盛开，
是我的激情绽放；
绿叶油油，
吐露我柔情的光辉。

117
我的忧愁不为自己，
为悄然被风沙埋没的那段感情。

118
今日之孤独和冷寂，
不正是昨日繁花缤纷的落幕吗？

119
在寂静的夜，
爱人啊，我不求你想我，
唯愿你有一个灿烂的思想。

120
越是通晓世间之事，
越是喜欢沉默。

121
我留不住盛开的花儿，
也无法禁止她的枯萎，
但我依然钟情于她，
因为她曾静默地——
奉献自己的美丽。

122
我不断地行走在
肯定与否定之间，
她们好像没有严格的界限。
如同蝴蝶，喜欢花儿，

时常在草丛中流连。

123

柳树啊，
你把整个身躯倚在湖面，
在倾听什么？

124

绚烂夺目的夕阳，
带着无限的眷恋和欢喜，
在黑夜到来之前
最后一幕登场。

125

只要你带给过我美好，
我就不会忘记你。
当春天绿草萌发，
花儿飞舞时，
我会重新把你想起……

126

你轻轻地抚摸我的头发，
风儿般轻柔；
你对我的心坦荡赤诚，
如晶莹剔透的宝石；

你所有的语言里都是爱，
环绕我，
如天上的繁星。

127
徜徉大自然，
被一棵树、一片花吸引，
心儿如缓缓的水流，
波光粼粼……

128
忽然感觉内心有漫天的飞絮，
零零碎碎在空中飘舞。
于是我踮起脚，
把它们一一接住，
放进篮子里收好。

129
你被爱情娇宠，
不知逝去的滋味。
你把爱情视若平常，
却得到她的垂青。

130
爱情来了，

你只有欣喜。
但察觉她珍惜她，
欣慰内心的拥有，
却在日后的时光……

131
“不再相见
并不等于分离；
不再通音信
也并不一定等于忘记。”
分离越久，
思念的酒越浓；
越浓的情感，
越想深埋不说。

132
每次回头，
都有你目光迎视。
你的爱，
久久在那里等候，
从不曾让我失落。

133
我模拟着大自然的声音
和孩子对话。

在孩子眼里，
我是一个圣者和诗人，
孩子好奇于我，
如好奇于世界……

134
树木开花结果的时候，
经过它身边的人无不欣喜，
尽管它默默不语，
——桃李不言，下自成蹊。

135
能与我像鸟儿呢喃的人在哪儿呢？
我经常在林间寻找，
驻足倾听……

136
我对大自然毫无戒备之心，
即使狂风暴雨来临。
我愿把爱和生命，
汇入风雨，
迎接黎明……

137
爱情的手充满神奇，

轻柔地触摸，
就能把你的伤口愈合。

138
失去的爱，
不再反复回想，
遗忘它，
是最好的选择。
爱情也会有疲倦的时候，
给它宽松和自由。

139
忽然感觉有点思念了呢！
想和你坐在对面，
斟一壶茶，
默默地饮着，
什么不说，也好。

140
相信自己是有翅膀的，
一旦时机成熟，
就能凌空翱翔。

141
好的乐曲往往不是激越到底，

而是舒缓开阔，
有低吟，有沉默。
像一个人的心情，
时而悲伤，时而欢喜，
婉转曲折……

142
死亡，我想过很多次，
决定不去想它。
它如同四季的来临，
只能顺应，
无法抗拒。
人生最要紧的事
——过好每一天。

143
过去的人，过去的事，
如同存在电脑里的文字，
珍惜它，
就想方设法留存；
无所留恋，
一键删去。

144
喜欢收藏岁月侵蚀下，

相对不变的东西。
一方奇石，一块美玉，
一段纯洁的感情。
它不会因粗心和懈怠破损变质，
即使蒙上灰尘，
轻轻擦拭，
就会如初温润。

145
好像没有什么，
能伤及我的心灵。
对于射来的利剑，
我有一个天然的屏障。
但有一天，
你送给她一束玫瑰，
那曾经属于我的，
它比利剑还坚硬，
深深地把我刺伤。

146
无情的爱，
像风一样飘走了。
风过之后，
了无痕迹，
但我内心留下的疤痕，

却在风起之日
隐隐地作痛……

147
男女间的相互吸引不是爱情，
爱情需要回首品味。
爱，是流水的光阴里，
漫长的坚守；
是至暗时刻，
闪耀在你心头的光辉。

148
你在厚厚积雪的小镇里住，
远离人烟，
冬日里劈柴烧火抵御寒冷。
真想坐在你身边，
一边读诗，
一边给炉中添加柴火，
这爱情的火焰，
一定不会使我们寒冷。

149
失落的时候，
我心落叶纷纷，
徘徊着，思忖着，

寻找归处……

150
过去的阳光多么明媚，
我们一起看鸟宿枝头，
脚下的小草脉脉含情。
而今一切归于静寂，
再也等不来你的消息。
我的心日渐麻木，
不晓得我们曾热烈地爱过。

151
孤独者渴望有同行者，
却无人走入他复杂深邃的世界。
孤独里，
隐藏着更大的渴望。

152
心爱的人儿啊，
如果你经受不住狂风暴雨，
就跑到我的伞下来吧，
让我为你遮风挡雨，
天晴了，
再送你到岸边启程。

153
没有告别，
也没有一丝预感，
你悄无声息地离开。
此后的日子，
有颗心停泊原处，
等你踏船而来。

154
一双忧郁的眼睛，
一声长长的叹息，
一个背负沉重包袱的肩膀，
一段欲言又止的话语，
转身之后，
让人深深牵挂……

155
爱如狂风暴雨，
把我淹没吧！
在你情感的洪波里，
我不想雨过天晴，
宁愿迷失，
也不想错过
——如火的激情。

156
黑夜里抬头，
月儿如钩，
心爱的人在里面出现，
柳眉弯弯……

157
窗外，绿油油的树随风摇曳，
触手可及，
风儿问候它，
牵出我的一片情丝……

158
宁静的心，
即使身处闹市，
也如花儿一样
美丽芳香，
旁若无人地
绽放……

159
当与你的一切不再生动有趣，
我决定，
悄悄走出你的视线。
什么也不说，

留一个谜底在心间。

160
晚秋的树叶
裹挟着我的心，
纷纷扬扬在空中回荡……

161
如何让我思路跳跃，
像鸟儿雀跃枝头？
如何让我更加美丽，
像朵朵花儿盛开？
如何让我更加坦荡，
像大海一览无余地喧唱？
如何让我更加宁静，
像月儿静静地明亮？

162
有一种感觉，
摸，摸不着；
看，看不见，
它却缠绕在你的心里，
挡住你的视线。
上天扔下一个魔杖，
这是魔法的力量。

163
你说爱情是梦，
是你期望太高，
还是爱得太深？
我从未感觉爱情是云是雾，
只要她在我心里驻扎过，
就是我心中的太阳。

164
我躲着你，
因为日渐衰老的容颜。
尽管你不会嫌弃，
深情一如从前。
而我，
只想把光芒四射的青春，
留给你收藏。

165
有人写作，
是为了给别人看，
博得喝彩和掌声。
有人写作，
只想吐纳心声……

166
在我疲惫时，
瞟一眼窗外，
树木丰盈的绿传导我的周身。
我又挺拔起来，
面对天空，
心怀希望。

167
我相信
一切美好的情感都是真实存在的，
她鼓舞人开拓崭新人生。
有人把她当作一场梦，
因为他心里怀有失去的忧伤。

168
童年，是一幅纯净的画，
我用清澈的眼神，
把它描绘……

169
阳光温暖而美丽，
在寒冷的季节。
我也要给人以快乐和幸福，
在人们心灵的深处。

170
一个人能够有所作为，
并不是在推杯换盏中，
恰在孤单寂寞里，
对理想信念的坚守。

171
孤独的世界，
有四季繁花，
有云开雾散，
有日出日落。
孤独的世界已足够精彩。

172
爱远去，
仍然相信爱，
春来秋去。
只要生命存在，
花开花落本自然。

173
当一切远去的时候，
不去沉溺其中。
要寻觅眼前的美景，

把她们挽留下来。

174
幸福，
是你实现了一个小小的愿望，
又萌生出新的希望。

175
你挖空心思
去放弃一个人的时候，
正是你在意他的时候。

176
每当音乐响起，
那久远的埋在心底的记忆
渐渐苏醒……
它如梦如幻来到面前，
任你思念、触摸……

177
用双目洞察世间，
用心体会万物，
万物就会在你眼里舞动，
有欢腾雀跃，
有悲伤欢喜，

也有哀怨的眼神……

178
你雾一般的美向我靠近，
我辨不清是真境还是梦幻，
不肯轻易离你而去。

179
拾捡生活的碎片，
前后左右都是诗，
如同一片叶子一朵花在你手中。

180
有一种爱，
温柔亲昵，
如相依相偎的浪花和海水，
即刻让你陶醉；
有一种爱，
掩藏在时光的深处，
如岁月侵蚀下的奇石，
一点一点呈现风姿……

181
他爱你，
以他特有的方式，

并非你渴望的样子。
仔细想想，
你的爱又何尝不是这样？

182
生活在世间，
走自己的路，
无暇顾及他人。
相信自己的路一样长满花草，
清香扑鼻。

183
我爱你，
但不愿紧紧地靠近你，
如影相随。
我爱你，
只想长成一棵树
或一朵花在你窗外，
为你带来新鲜自由的气息，
芳香美丽……

184
无情，
不是从天而降，
她曾来到你身边，

把你拥抱。
曾相互深情，
相约永远。
她来的时候很温柔，
她走了以后很绝情，
如阵阵寒风。

185
一切都平静了，
那些过往。
可为什么在夜阑人静时，
还不由得怀想？
这是爱吗？
以为它早已溜走，
不料，
又悄悄滑向心底……

186
不想有烦恼，那怎么可能？
自从你想更多地占有，
烦恼就开始增多。
你孜孜不倦地为未来设计锦绣华屋，
不料却给自己
砌起一道烦恼的高墙。

187
人们敬佩喜欢一个人
总爱把桂冠戴在他头上，
而不知他的真正所需。

188
当所有的人都聚焦浮华，
我却想与它擦肩而过，
转身扶起在角落里挣扎的人，
陪他们走一段路，
给孤单的心带来阵阵暖流……

189
多年精心培育的花果啊，
未到香甜就萎靡落地了。
世间多少真诚的付出，
也是同样的结果啊！

190
人生经历得多了，
直觉就是经验。
你直觉中的一些事儿，
往往存在着。

191
那些春天里生机盎然的花儿，
在夏季枯萎了，
但它还在努力，
给大地留下团团花籽。
谢幕里，
怀着更深的爱恋。

192
我无法带给你平静，
我的心一直起伏不定。
你的爱如涨潮的水，
逐浪推向我，
掀起浪花朵朵……

193
你的爱像白云，
在我天空里飘来飘去，
你的爱像火焰，
躲闪不及，
就会蔓延全身。
你的爱像秋天的红叶，
即使远去，
也带着不舍的爱恋。

194
纠结在世间的是是非非，
并非我所愿。
难以摆脱时，
就用沉默代替。

195
你的快乐可以与他人分享，
亲爱的，把忧伤给我。
多想俯身擦去你脸上的泪珠！
你若怕我担心，
掩藏在心里不说，
就设置了一道屏障
——在你我之间。

196
我想变成一只小鸟，
在你对面的枝头上鸣叫，
看着你欢喜地跨出屋门，
在枝头间把我寻找。

197
爱情面前，
你是个纯情的女孩。
岁月染白你的头发，

却抹不掉你心头葱茏的春意；
人人都感觉世事无常，
唯有你相信爱情洁白无瑕。

198
爱情如燃烧的火焰，
越是炽烈，
越是短暂。
想让这火焰慢慢燃烧，
你得把爱的柴火，
布置得疏密相间，
有时还须加点冷水，
仔细察看。

199
迟迟地，没有你的回信，
忽然涌起落寞感，
心沉下去，沉下去…
你的回音，
仅仅一个符号，
都是从天而降的福音。

200
不是所有的爱情都有结果，
就像花儿一样。

爱情也有伤感，
在花儿凋落的时候。

201
你若使我疲惫，
我就想转过头，
寻找广阔的蓝天。
但你的任何苦痛，
仍会使我泪水涟涟……

202
智慧，
是在人们难以分辨真伪时，
你通晓它；
在人们陷入迷茫时，
你清醒它的存在；
在人们受环境左右时，
你能看到天气的转化。
在人生起起落落时，
你能坚定自己的方向。

203
总想有那么一天，
雨天跑出去，
把自己淋个透。

可每当风雨来临，
我却总是撑起一把伞来遮挡。

204
“我永远爱你！”你说。
“世间有永远吗？”我想。

205
世界繁花似锦，
无须羡慕，
无须眼花缭乱，
只要心无旁骛专注生长，
你定会成为灿若云霞的那一朵……

206
我的所思所想啊，
何时能变成一首首诗？
沿着高山岩石飞流而下，
卷起浪花朵朵……

207
人可以老去，
爱情永远年轻。
在相携到老的路上，
我渴望你永远的初恋。

208
我想给自己留下点闲暇时间，
书写每天的感动。
至于那些让人失望沮丧的事情，
暂且放到后面吧！

209
田野里无人问津的小花，
一个小女孩走过来把它掐断，
她左看右看戴在头上，
又把它送给心爱的妈妈。
“拿去吧。”花儿说，
“趁我鲜艳带着香气，
没有枯萎落地，
愿成为你的心花一瓣。”

210
走入人的心里，
发现很多心灵都盛开花朵，
我不忍心用世俗的尺规，
一一测量，
将她们无情揉碎。
唯愿一切美好的生命，
都有雨水滋润。

211
爱啊，尽管你很伟大，
但我并不想站在舞台上，
一味将你高声吟唱，
只想把你揣入心怀，
每时每刻。

212
沙漠里的奇石啊，
你有一颗不变的心，
亿万年遭遇风沙，
紧握自己的信念。

213
有的人，
为正义，
总能站出来说话。
他并非没有顾虑，
而是抛却了顾虑。

214
在我需要的时候，
你懂得我的需要。
在我渴望安静的时候，

默默地互不打扰。
我的内心对你充满感激。

215
风雨中，
你与我一路相随，
痴心无悔。
你让我相信，
世间有一条心灵之河，
在你我之间蜿蜒流过。

216
你变换优美的舞姿吧，
在人生的舞台上，
我愿做你永远的观众。
我要化作一片蓝天，
在万里晴空，
映衬你耀眼的彩虹……

217
尽管天空阴晴不定，
你要永远追逐太阳。
阳光下的一切如此美丽，
阳光的心能使生命闪亮。

218
留恋，有时是一场错误，
它会羁绊你前行的脚步。

219
你为我付出那么多，
像河流一样。
我给你的，
一瓢饮都没有，
只有感激涕零的心。
让我永远崇尚你吧，
你给我生命一片又一片绿洲。

220
在人生的天空，
我是一只笨拙的小鸟，
你爱的目光，
让我鼓起勇气，
飞向远方。

221
为什么我有无限的温情和力量？
因为爱溢满心间。
人生的所有希望，
都是爱的华章。

222
你在我面前专横跋扈，
你哪里知道，
我对你不屑一顾。
只有爱的目光和语言，
才能通往心灵的入口。

223
世人之心不完全是肉长的，
有的比顽石还坚硬，
比冰川还寒冷，
且无法被融化。

224
普通人的心若健康而纯洁，
他在你眼里就变得不再普通。

225
不沉湎过去，
即使我踏入
松软的落叶中，
脚步仍然向前方迈进。

226
当花香从窗外飘进来时，
我想起你带给我的一切美好。

227
前方没有平坦大道，
都是曲曲折折。
只要你方向明确，
就不要顾及坎坎坷坷。

228
害怕失去？
害怕被冷落？
这种感觉乱如麻，
千头万绪相交织。

229
我不善于用语言表达感恩和谢意，
只在内心深处储藏。

230
我多想飞到你身边，
一片林丛把我们相隔，
我只能望着你的那片天空，

是否阴雨？
是否晴朗？

231
孤独的人站在人生十字路口，
找不到幸福的方向。

232
我不喜欢去代表什么，
即使它的头衔无限荣光；
我喜欢是自己，
以真实的情感走人生之路。

233
当激荡的感情落潮，
彼此更加欣赏；
当忙碌的间隙想起，
彼此甜蜜；
当没有你的消息，
坐立不安；
当对你的爱无法言明，
只是一种习惯。
这时的爱，
悄悄来临……

234
你的爱如和煦的风，
徐徐吹来，
就能掸掉我身上的尘土，
把心灵之书一页页翻卷……

235
对你的爱，
不仅仅停留在你的身上，
她已幻化成一切美好的事物，
如翩翩起舞的蝴蝶……

236
霞光啊，云朵，
你的美，瞬间变化，
却凝成我心中的春花秋月……

237
大自然的美需要静静地体验，
一旦陷入拥挤的人群，
就失去了欣赏的空间；
一旦行路匆匆，
就失去了向远方眺望。
只有心灵被打动，
才能听到悠然而至的天籁之声……

238
如果我游戏人生，
完全可以恣意。
如果不是深爱，
我不会一次次说分离。

239
你发来一封短信，
诉说你的忧伤。
我告诉你，
风雨过后，
你会看到温暖的阳光。

240
即使你渐渐把我遗忘，
没有往日的情怀，
我也会怀揣希望，
奔走在未来的路上。

241
亲爱的孩子，
我们一起做个游戏吧，
我做云，你做月亮。
我们的头上，

是碧蓝的天空……

242
我，
就是春天的一个童话，
太阳微笑着，
望着我的打扮……

243
亲爱的孩子，
世界之美，无穷无尽，
像天空飘荡的白云，
我们就是捕捉她的人。

244
我的孩子，
我是那么地爱你，
你睡了，
我还徘徊在你身边，
凝视你熟睡的样子……

245
光着脚丫，
去遥远的海边寻找宝贝，
捡回了满满一篮子快乐……

246
你有一双神奇的手，
在我面前，
轻轻弹奏，
就能扣动我的心弦。
你有一双柔情的眼波，
停泊在我身上，
就能在我的心海里，
溅起浪花朵朵……

247
我没有呼唤你，
却把你藏在心底，
世界上一切景物，
都有你闪亮的双眸。
我愿整日在河岸，
看春花秋叶逐流而去。
我愿这样韶华流逝啊，
思念的河流，
飘起晨雾……

第三篇　春天的潮水（散文诗）

久久地徘徊在春天的山林里，舍不得离开。

春天，需要你亲自去看，去听，去品味。

它表面平静，却暗潮奔涌，令你悄然心动……

春天告诉我

春天，满心欢喜地向我走来，我却无暇顾及她。

春天已经早早向我们招手，透露出爱意。春天来了，冰冻的河流开始融化，春风中碧波荡漾；坚硬的土地也变得松软起来，母亲般温柔，抚爱她怀抱里的孩子。阳光充足的地方，春风吹拂的地方，草儿已泛青，树木开始打苞儿，她们抑制不住内心的狂喜和激动，把春的讯息到处播送。

不管我在不在意，春天迎面向我走来。在我凝视窗外之际，一只麻雀飞到窗前，向我一瞥，又欢喜飞向别处。楼前的两棵树已经开花，晨风正轻抚她粉嘟嘟的面颊。鸟儿们开心极了，在开花的树上跃上跃下，召唤同伴。

我仔细地观察窗前那两棵开花的树，想从中读出她的心语。我问她："告诉我，春天，你是孩童，还是少女？你青春勃发，生机盎然，你到底属于哪一个年龄？"开花的树沉静不语，她神态安详，优雅自如，没有羞涩，也没有焦虑。

凝视春天，我在想，春去春来，周而复始，是不是在告诉我们一个道理："一切都不会老去，只要你心中有爱，有善，有美，你的生命就会如期花开。"

2019 年 3 月 24 日

秋之恋

秋来了，盼望秋天又害怕秋天的到来。

盼望秋天，因为她迟早会来，袅袅娉娉，像仙女下凡，不因我的不舍放慢她的脚步。

害怕秋天，我感觉秋天是离别前的告白。她精心打扮，满身浓妆，恋恋不舍向我们挥手。落叶，是她的忧伤。

秋天的树，像成熟的女人，风姿而又多情。不管是在热闹的大街小巷，还是在无人问津的旷野，她倾注了全部的热情，奉献出全部的身心，默默无言，越冷越浓。

秋天的藤，像一对情人，亲昵缠绵。不管是石墙还是路基，她不择地，不回避，羞涩而又大胆地爬上爱人的额，狂热亲吻着，醉得满脸绯红。

秋天的叶色彩纷呈。“晚秋了，风要把我带走了。”她迟迟不肯离去，变化着衣裳，有少女梦幻的色彩，也有舞台告别的晚装。

秋天的水脉脉含情。大地，我的怀抱；天空，我的观众；树木，为我伴舞；风儿，为我吟唱。为什么我眼中光芒四射，秋波荡漾？

因为我是秋天里翩翩起舞的新娘。

啊，秋天，虽然你会离去，也会凋零，但你的美丽啊，动人心弦。

你袒露心胸，奏出苍劲华彩的乐章。你把一腔热血涌向大地，把挚爱洒向天空；你激情迸发，奏起生命的畅想；你对大自然的情爱啊，震撼，永恒！

2012 年 10 月

雨中的意象

早晨，下着小雨，寒露时节了，天凉丝丝的。

送孙女去幼儿园，只带了一把伞，孙女撑着那把伞，我把孙女紧紧裹在怀里。

我对孙女说："你长大了，奶奶抱不动了。"

孙女说："我长大了，能给奶奶打伞了，伞下装着两个人，嘻嘻！"

过了马路，我实在抱不动孙女，就把她放下了。孙女一个人打着伞在雨中走，有滋有味的样子。我呢，任小雨淋着，好清爽！

孙女的背影，不禁使我想起戴望舒的《雨巷》："撑着油纸伞，独自彷徨在悠长、悠长又寂寥的雨巷，我希望逢着一个丁香一样地结着愁怨的姑娘……"雨中的意象多么朦胧，多么美丽啊！

我眼前也有一个可爱的撑着伞的小姑娘，不过，她可没有那么多的心事，单纯得如一泓清水。风雨中，她正用那双小手紧紧攥住伞把，伞下的世界充满奥妙。

滴答，滴答，下小雨啦！

滴答，滴答，雨点打在伞上，

滴答，滴答，雨点打在树上，

滴答，滴答，雨点打在花儿上，

滴答，滴答，雨点打在石板上。

滴答滴答，下小雨啦，

有个小女孩，藏在伞下面，雨儿找不着。

此情此景，我不禁脱口而出。

“奶奶，这是你编的吗？”孙女回头问，她一定是动了情的。

把孙女送到幼儿园门口，我悄悄趴在孙女耳边说：“晚上奶奶来接你，回家画画。”

孙女点点头，徘徊在门口，迟迟不愿进去。无奈，我伸出双手，孙女就势扑到我怀里。我拍拍她，放下。孙女犹豫着，走进幼儿园。

我撑着孙女拿的那把伞，回到雨中。踩着秋日满地的落叶，任小雨打在伞上。世界对我这个年龄的人来说，仿佛依稀如梦，但对孙女这些可爱的孩子，才刚刚开始。世界是属于他们的。能和天真的孩子在一起，看到他们健康成长，感觉自己仿佛又从孩童起步……

2018 年 10 月

揣摩老人的心

我很想走进老人的心里，问问他们，人生的暮年，心里都想些什么?

想事业，为平生未完成的理想和心愿深感遗憾？想爱情，憧憬着心中未实现的那个梦？想离别的友人，不知何日再相见?

我还想问他们，是否还喜欢出来看太阳和月亮升起来?

扶着弯腰驼背的老人缓缓前行，我无法忍住思绪的蔓延，老人的一生和我的一生，都涌入脑海……

与老人混浊的目光相遇，是酸甜苦辣的滋味。他们微微抬起头，看见你，目光里有惊喜，也有希冀，不管你乐不乐意，他们都会把希望和未来交给你。

人生暮年，最关心、最感兴趣的就是孩子。

“孩子哪儿去了？”即使在睡梦中，他们也时常会问，仿佛孩子刚刚从他梦里经过。

我喜欢走近老人，了解他们内心的秘密。我想知道他们的爱情故事和对爱情的渴望，那青葱岁月里有的东西，他们心里是否还有？人老了，真的就是老了吗？像落叶那般，无奈地飘落？像严冬那样，寒冷寂静地走过？

啊，从一双双瞬间闪亮的目光里，我捕捉到了他们的心，青年人心中拥有的，在他们心中犹存……

2019年5月8日

一朵小黄花自语

我是一朵黄色的小花，清晨的时候悄悄盛开。

很少有人在意我，我没有自己的名字。

一个恬静温柔的女子来到我身旁把我端详。

我无声问她："你在想什么？"

她说："你为什么是这样，而不是那样？造物主真是神奇，天地之间的差异令世界如此美丽。"

"生为大自然的一个物种，我是多么幸运！"听了女子的话，我想。

"如果我像你，也挺好，无人知晓，却灿烂于世间。"女子悄悄对我说。

她把我看了又看，恋恋不舍。

太阳升起来了，金光灿烂，照耀在我身上，微风轻抚我的脸庞。哦，原来，我是多么幸福！

四月游春

四月游春，我走一路醉一路。

春天的柳树刚刚发芽，嫩嫩的柳枝尽显妩媚的风姿。杏花还没有谢落，梨花又开了。梨花花团锦簇，优雅芳香，远远看去，像白雪降落在起伏的山峦。梨花未尽，桃花比肩而立，丁香花暗香浓郁。

古人说："人间四月芳菲尽。"四月于北方却是百花怒放的季节，当绿色还在大地孕育时，花儿已按捺不住自己的冲动，争相登场了。你若乘车行驶在山路上，就会看到山里的杜鹃花、迎春花含笑致意，令你怦然心动。

春天像个孩子，欣喜地奔跑着，大人跟在后面撵都撵不上。

春天像个怀春的少女，"回眸一笑百媚生"，给你留下无限怀想。

春天啊，你是个多情的种子，撒在哪里，哪里生根、开花、结果。

春天啊，你是我的恋人，把我的心紧紧吸引。多么渴望拉着你的手，翩翩起舞，躺在你怀里，彻夜不归。

春天，你与我一路走来一路情，到处都是你的眼、你的笑、你温暖的手。你时而素装淡雅，时而浓妆艳抹，等待着有情人的相聚。

春天，我爱你！我爱你，春天！

笼中画眉

我是一只林间的画眉鸟，长着五彩的羽毛，我的歌声悠扬婉转，寂静的清晨，所有的生命都侧耳倾听。

我的命运很不幸，被追逐的人网罗囊中。他欢喜备至，围着我绕来绕去，给我做精美的鸟笼，挂在窗台上。他仰视我，我仰望天空。

我的美味享不尽，主人用手掌来喂我，他摸我的小嘴，轻抚我的衣裳，揣摩我的喜悲。

"为主人的这份宠爱，我是不是可以失去天性？是不是可以在囹圄里度过？"我曾自问。

"不，我不要。主人视我为玩偶，他霸道占有我，夺不走我渴望自由的心。"

"羁鸟恋旧林，池鱼思故渊。"

何时能回到山林——我美丽的故乡？

留住美

来到你身边的一切美的东西你都要好好珍惜。美，并非长久停留你眼前，任你信手拈来，不定哪一天她就会滑落或消逝。

当你与美相遇，要停下来，把她拥入怀中，仔细品味，即使以后失去了，也骄傲曾经的拥有。

看到美，发现美，谛听美的旋律，与美共舞，这是多大的缘分，多么幸运的人生！心中没有美的人很难发现美，即使美飘然而至，对他含情脉脉，他也无动于衷，面容冰冷而古板。美遭遇此境，只好悻悻离去。

对美的态度不同，人生结局就不同。心向美，欣赏美，美就会无穷无尽地馈赠于你，令你目不暇接。你被美的气息环抱着，浸染着，久而久之，你就会变为美的天使，洋溢美的气息，像天女散花一样把美到处播撒。

相信吗？人生过得是否幸福如意，与美相关联。留住美的事物，驱逐丑的东西，日复一日，你的生活自然诗意如画。

2020 年 2 月 24 日

变成花一朵

秋天的早晨，我拿一把小凳子，手捧一本书，在绿荫间坐下。

刚刚坐定，眼睛立刻被栅栏外一片玫瑰色的花丛吸引。那是一大片花儿呀，她们迎着太阳，个个精神抖擞。我不由得起身，走向那片花丛。

蝴蝶飞来了，白色的蝴蝶徘徊着，不知落向其中的哪一朵。风儿吹来了，花儿点头致意，向我问好，也向大地问好。花丛旁边的几株小树庇护着花儿，优雅地为她们遮挡日光，使得那片花儿在光影中或明或暗，参差错落。花儿们安静至极，尽情地享受着生命中最美丽的日子。

我俯下身去，亲亲那花儿。花儿很从容，没有一丝媚态。我流连那片花丛，不忍离开了。花丛中的她们，有的高高低低，有的大大小小，但都是那么挺拔、骄傲、满足，虽然她们绚烂的生命极为短暂，却看不出有一丝的寂寞和悲伤。此刻，我也变成了一朵小花，伫立花丛中、蓝天下，悠然安详地谛听虫儿们的鸣叫，沐浴金色的日光了。

2020 年 9 月 6 日

亲亲你可爱的小脸

亲爱的孩子，到我这里来吧，我要给你全部的爱，像阳光那样温暖照耀你，像花儿绽放的笑脸看着你，拥抱你。来吧，把我的知识给你，把我对世界的领悟淬炼成精华给你，我要剔除人间的假恶丑，把真善美给你。

亲爱的孩子，来吧。我这里有世界上最美的童话故事，坐在我身边，我讲给你听。你入神的表情，让我的声音和语调更加婉转动听。你说，我是不是世界上最美的故事家?

亲爱的孩子，你要去哪里，你要做什么，快快告诉我，我愿意和你一起去完成。我和你一起滑滑梯，一起乘木马飞翔，一起玩玩具汽车，一起读童话故事。你天真活泼、无拘无束的一切，都尽如我意。

别跑得太快啊，亲爱的孩子，让我跟上你的脚步，安心地拉住你的小手，再亲亲你可爱的小脸。你是希望的明天，是我无尽幸福的源泉……

2020 年 9 月 9 日

醉人的丁香花

每到丁香花开的季节，我就徘徊她的树下久久不肯走开。她的花香太迷人了，不是那种清香味，有点浓郁，但不刺鼻。那个香啊，你穷尽所有的文字都无法形容，醉得你直想躺在她树下沉沉入睡，把她的香味全都吸进去。

丁香的花朵是散落的，大团大团的，不那么紧凑。每个花瓣看似独立,却又与其他花瓣紧紧相依。阵阵风过,她们摇曳着身姿，随风起舞，自在悠闲。丁香花有好多种颜色，有玫瑰色、淡粉色、白色、紫色，等等。大部分的丁香花都不是一种颜色，而是各种颜色相互交织、辉映，她们好像深谙自然之道，在恬淡中随意组合搭配，展现自己的美丽。

校园里喜欢种植丁香花。在我眼里，丁香花又是校园之花、书香之花。她散发的香味有浓浓的书卷气，如优雅的女子拿着一本书在花下静读。丁香花又似辛勤的园丁，精心哺育幼苗，在寂寞的日子里默默无悔地奉献自己的花香。

丁香花又是少男少女的爱情之花。情窦初开的少男少女喜欢相约在丁香树下，一边闻着花香，一边倾诉衷肠。丁香花在相爱的人眼里有了一个新的名字——浪漫之花。

丁香花盛开在春天，在迎春花、杏花、梨花怒放之后，才羞羞答答地绽放，含蓄而飘逸。如果你从她身旁走过，定会被她深深吸引，信步迈入花丛。她由内而外散发的香气是那么迷人，你无法自已……

2021 年 4 月 20 日

地上的小花也很美

春天，和姐姐出来看风景，迎春花开了，桃花开了，樱花也开了。百花争艳的季节，我们在路上奔跑、跳跃、拍照，欣喜无限。

忽然，姐姐在花丛间停下脚步，指着地上，对我说："你看，地上的小花也很美。"

我的眼睛开始追逐路边的野花，粉色的、黄色的、紫色的、白色的，连成片，那么可爱。

当我们站在一片片花树前，变换身姿，深情无限地拍照时，姐姐又说了一句："你看，地上的小花也很美。"看样子，姐姐着实为地上的小花打动。

这一次，我俯下身，给地上的小花拍照。镜头里的小花令我惊喜，她们连成片，笑盈盈地仰望阳光。虽然她们根茎纤细，风儿吹来，却不折不屈，柔弱而顽强。她们虽然很小，连成一片，就成了花海，如夜空中密密麻麻闪闪发亮的星光。

春天里，人们总爱仰头看蔚蓝的天，看一棵棵树上怒放的百花。但只要你略微低头，目光与地上羞涩的小花相遇，就会触动柔肠。这些不起眼的花儿呀，她们是那样渴望春天，即使被人踩在脚下，也尽情地释放自己的美丽！

“地上的小花也很美。”当姐姐无意中把这句话又重复一遍，那柔弱的小花就深情地盛开在我的心里了。

2021 年 4 月 28 日

春天来到山林

春天来到山林里，我的同伴们去挖山菜，我寻找景色。

哪棵树不寻常，哪里有成片的花开，我的眼睛飞快地搜寻着令我眼前一亮心花怒放的景致。

啊，找到了，一棵古老的树，长在山腰上。当地人告诉我，这棵神树已有三百多年，崇拜她的人还把红布系在她身上，把砖头垒起作为供奉她的庙堂。

在通往山里的路边，还伫立着一棵开花的大梨树，她风姿婀娜，树枝曲折蜿蜒，花朵洁白茂盛。

“这是一棵有故事的树。”看到她第一眼，我就有这样的感觉。这棵树默默无语，却吸引路人停下脚步，对她仰望，如仰望天上神奇的白云。

“快来看呀，这棵小树的花多美呀！”在崎岖的山路边，采山菜的同伴对山下高声喊。人们的目光齐聚在山洼里的一棵小树上。太神奇了，春天里，满山坳都是绿树、粉花和白花，这棵树竟然红花朵朵。“梅花！”人们情不自禁脱口而出，纷纷奔她而去，顾不上脚下草丛里扎人的板栗皮壳。

“这应该不是梅花，不是梅花盛开的季节。”我心里暗暗说，但我没有点破，她的形态和身姿和梅花一样美。不必深究她是什么，从哪里来，她是大山的天使，就让她驻在人们的心里吧！

春天的山林，很多树还没有长出叶子。正当我遗憾之际，远处的山坡上一片片此起彼伏的淡粉色映入我的眼帘。那是什么？是云还是雾？抑或是山里的野杜鹃？我把相机的镜头拉近细看，哦，都不是，那是一片片桃花，是大山里农民栽下的希望。

采山菜的同伴们远去了，我还痴痴地坐在石头上、小溪旁寻找春天。我分明感到，春天的山林把我包围，为我起舞，春天的百鸟为我歌唱。我找到了，找到了生机盎然、激情澎湃的春天，我的心像跳跃的小溪一样欢畅……

2021 年 4 月 29 日

春天里忙碌的孩子

春天里，我是个忙碌的孩子。

我在春天里种下好几棵果树，天天浇水、观察。每当发现树冒出绿芽，我高兴得快步如飞。若是终日看不到某棵树发芽，用手折它，又轻易被折断，丧失韧性和清香时，我就为它的命运担忧。不过我还会一如既往地呵护它，浇水培土，等待着奇迹发生。

春天的阳光温暖和煦，土地也特别神奇，它好像一个魔法师，催生万物，一个个胆怯弱小的生命只要植入它的心怀，就会变得勇敢挺拔，充满生机活力。

我不想错过美好的春天，很想在大地留下它的痕迹。只要家门前的土地有空隙，我就要栽上等待收获的果苗。尽管收获需要漫长的等待，今天的播种不一定迎来丰硕收获，我仍然会乐此不疲地为春天劳作。

我种下的树若只是开花，那就让路人尽情欣赏它的娇媚，但如果它回报大地，结出了丰硕果实，那就更好了。让人人皆能品尝到甜美的果实，是我的愿望。

春天里，我是个忙碌的孩子，我种下无数的希望，等待收获！

2021 年 5 月 2 日

我心中的朋友

结交什么样的朋友很重要，好朋友如同一本好书，一位好老师，一个好知己。我把朋友当作校正自己人生方向的人。人生路上走偏了，他会时时提醒，让你重新纳入正确的轨道。

我选择朋友的标准，不苛求完美，但他必须是诚实守信的人，有情有义的人，孝敬父母的人，善良有爱的人。

我喜欢朋友是一泓溪水，在寂静的山林缓缓流淌，而我就是坐在石边，与溪水相伴的那个人；我喜欢朋友是一壶茶，疲倦时饮上一杯，清香怡人的味道透彻心脾；我喜欢朋友是一块石，足够坚韧顽强，坦然面对风雨的打击和人们漠然的目光；我喜欢朋友是一片天空，蔚蓝而辽阔，足以让我舒展翅膀飞翔其间。当然，我更喜欢朋友是高山，是大海……

我不在意朋友地位高低，哪怕他是一把土，也能孕育生命；哪怕他是一棵草，也能赠人以绿色。我也可以忽视朋友某些方面的缺点和不足，因为金无足赤，人无完人。只要他真诚坦荡，只要他有让我欣赏学习的地方，就是我有益的朋友。

遁入自然

山脚下，偌大的湖边，只有我一个人，不，还有簌簌的秋风摇晃着树叶，有群鸟在山林里耳语，身边还有野菊花含情相望。

闲适在这里，我的思绪得以任意伸展，古老的、现在与未来，都在湖水里泛波。这是我最为自由富有的时刻，可以悲伤，可以欢喜，可以哭，可以笑。流动在指尖的文字就是涓涓的思绪……

遁入大自然里，我化成一片叶，一朵花，一只鸟，一缕风，没有浮躁，没有贪婪，是那么纯净，那么悠然。多么畅快呀，这里才是我的天地；多么无拘无束啊，天空那么高远……

在山脚下，湖水边，只有我一个人。不，还有自然万物与我相伴……

2021 年 5 月 6 日

我爱生活赋予的一切

无论我身在何处，都希望把生活演绎成一首首诗，让它们化作涓涓细流从心中流淌出来。无论人在何地，我心中都有一个美好的向往和目标，即使道路坎坷不平，也坚定地向它迈去。

人不能被禁锢，要有心灵的空间和自由，让思绪穿越大江南北，在天空翱翔。假如我无法抵达目标的彼岸，也希望在理想的路上有过自己的身影，看到过美丽的风景。

虽然心有所往，但我并不厌倦当下，因为每个人的生活都是独特的。你收获的果实，你拥有的幸福，你也许没有意识到，只有当眼前一切失去，再不复返时，你才能懂得它的珍贵。

生活如诗如画，但不同的人却看法不同。有的人认为自己在天堂，有的人认为在地狱。生活本身，差别并不大，但人们感受的差异却很大，于是有了幸福和痛苦的强烈对比和区分。

我始终相信，我所拥有的，是他人所没有的，即使看起来好像一样，其本质也有差别。虽然每天生活单一重复，但我总像发现新大陆一样好奇于它。每一天的日出都是不一样的，我喜欢在寂静的黑夜等待朝阳的冉冉初升。

生活不是概念，不是计算，更不是定义。生活是多彩的画卷，像春夏秋冬景色一样，微妙之处尽显不同。它有天空的辽阔，有江海翻涌，也有花草的呢喃。

我爱生活赋予我的一切，我也把满腔的热情倾注给了生活……

2021 年 5 月 15 日

抛开仅仅属于你的忧愁

我喜欢你笑，快乐充溢心间。我喜欢你兴致勃勃在前面引路，我像个孩子一样跟随。可这美妙时光在你我之间停留太短暂，你总是愁容满面，心事重重。

问你为何忧愁，你支吾着不说，说出来的我又无法理解。生活已满足我们的一切所需，而你却为自己能否得到他人的器重思虑烦恼。

这种烦恼没有边际，傻瓜才会这样。你没听见窗外的小鸟呼唤吗？你没看见生命的绿洲向你招手？为何要独坐一隅，让时光在起伏的心潮间消逝？外面世界如此广大，你可以信步而行，为何把自己困守在屋子里，日复一日？

抛开仅仅属于你的忧愁，走出去吧，不要消磨美好时光，浪费蓬勃的生命。让行动取代忧虑，让快乐代替烦恼。自我的世界沉闷狭小，外面世界是那样广阔，虽然经常刮风下雨，但温暖的太阳总会朗照你。

拥有的时候，好像生命无限地长，对眼前的快乐毫不在意，情愿无休止地陷入烦恼，寻求自我利益的最大化。当头发白了，年老得哪儿也去不了了，才知道人们原本是各走各的路，没人在意你的成败，你一生的愁苦都是自寻烦恼。

我喜欢你笑，快乐盈满心间，只有这样，我才能像孩子一样跟随。知道吗？你若烦恼无边，我的心也会阴云密布。

小小野花把星光散布

初夏，繁盛的花季，我在花市买了一束花，插在花瓶里，她被刻意修剪，中规中矩地开放，我喜欢她，却感觉有点不尽如人意……

花儿慢慢凋谢，翠绿色的花瓶开始空空地等待……

一天早晨，我去外面散步，发现繁星点点的野黄花枝枝蔓蔓从草丛伸展到路边，这不是最好的插花吗？我折了几支插在花瓶里，花儿恣意，随性浪漫，像极了一幅油画。小小野花把满天星光散布。

原来世界上最美的花无须去远方寻找，更不用刻意求取，它就在我们身边。只要你心里有美、明媚灿烂，哪怕她躲在一个不起眼的角落，也会时时把你召唤……

2021 年 6 月 16 日

窗前这棵树

窗前这棵树，就在我平视之内，仿佛触手可及。无风的时候，她静止不动。有风的时候，树叶簌簌，随风飘摆。不管我想不想看她，只要抬起头，都会迎视她。

从来也不曾探究，这是一棵什么树。她的叶子不算宽大，有点呈三角形。叶子还算稠密，不时有鸟儿停留或飞过。

过去，我曾不喜欢有什么挡在我窗前，我喜欢视野开阔，一马平川。可搬入新居里，眼前的树倒让我觉得别有一番情味。风吹时，她欢喜摇曳，姿态悠然；雨落时，叶片上露珠闪闪，娇嫩欲滴。她是大自然的承载物，让我在每时每刻都能谛听自然的声响。

窗前这棵树，我没有选择她，她也没有选择我，无意中相遇，无意中陪伴。每当我疲乏的时候，凝视着她，盎然的生机又重上心头；每当我寂寞的时候，她枝头轻轻拂动，似对我微笑致意："嗨，老朋友，你在想什么呢？"

窗前这棵树，会渐渐长高长大。有一天，我伸出手臂就会触到她的枝叶。与她拉手，她会悄声告诉我生命的奥秘，告诉我许多成长的故事……

2021 年 8 月 24 日

金色晨光

早晨，阳光明媚的日子，只要我拉开窗帘，瞥一眼窗外，就会被深深吸引。在阳光照耀下，树木披上了金色盛装，闪闪发亮，微风中，悠然地摇荡。

那阳光，摄取了我的心。为一睹阳光照射万物的芳容，我急切地推开房门，站在阳光的对面，欣赏着，环顾左右。我喜欢看万物被阳光穿透的样子。晨光下，那树木、野花、毛毛狗草刹那间变得金灿灿的，更加美丽温柔，仿佛一双双多情的眼睛。

晨光像缕缕丝线，悄然射入万物的心房；又像是恢宏浩大的瀑布，从天而降覆盖万物。无论你度过一个多么难熬的黑夜，只要晨光乍起，你的心就会立刻沐浴在光芒里。

无论天有多冷，风有多急，只要站在晨光里，你的心就会生出暖暖的春意。

晨光很美，却也短暂。当太阳高起，万物便不再有这样绚丽多彩的光芒，渐渐地失去了她色彩的神秘。为此，古人有诗云："盛年不再来，一日难再晨。"

晨光下的金色，静谧安详，却宛如一曲大型交响，震撼着我们的心房。

我喜欢金色的晨光，总是寻找晨光的角度观察万物。晨光下，即使一个卑微的生命，也焕发光芒。晨光给所有生命带来美丽和希望。

我喜欢晨光下的金色，她是我生命中久久眷恋的颜色，生命里的一次次希望从这里启航……

2021 年 10 月 16 日

诗人的引领

我爱诗，爱绝美苍凉的意境，走进缠绵，走向辽阔。在诗歌的路上，我一路浏览着欣赏着，目不暇接，很少坐下来细细品味。

你是诗人，你的诗让我看见了许多未见的风景。当我在诗的花海里忙碌追逐的时候，回头看，你总是坐在那里，为一首诗，凝神细思。你揣摩她的结构、意境、作者的情思。不论她登上了多么高雅的殿堂，你都敢于直言不讳地品评她的优劣。

我说诗是灵感的降临，直抒胸臆。你却告诉我，诗有很多奥秘，揭晓她的谜底，需要钻研用心。

我说诗人是天生的，普通人离她太远。你告诉我，诗是无尽的大海，只要勇敢滑翔，就有可能抵达她的彼岸。

每当我像蝴蝶一样在诗的花丛中翻飞，回头看，你却像蜜蜂一样在花海里忘情地吮吸。你用行动默默告诉我，只有不懈地追求，辛勤地努力，才能收获甜美的果实。

2022 年 1 月 2 日于鞍山

鸟儿和我捉迷藏

冬日里寒冷的一天，我走出家门，远远地看见路边一棵树的枝丫上凸起无数个“包包”。

“春天这么早就来了吗？”我疑惑地走上前观看。刹那间，这棵树像长了翅膀一样，“呼啦”一下，飞起来了。呀，原来是一群小麻雀停在那里，见我站住，惊恐地飞走了。

哦，一定是鸟儿们怕受伤害。过去，淘气的男孩儿喜欢用弹弓打鸟，说不定，它们还心有余悸呢！

“冬天里，怎么会有这么多的麻雀？不远处就是一片山林，它们不住在林子里，却跑到有烟火气的地方来了。”我边走边想，“一定是寻找食物吧？”伴随着人们环保意识的提高，鸟儿们已不再惧怕，感觉到了安全和惬意。

我家窗外的空调箱里就住着许多麻雀。明知道那里是麻雀窝，我也不去打扰，于是，这里成了麻雀们生儿育女的家园。早晨起来，一只只小麻雀从里面探出头来，蹦蹦跳跳往屋里望，充满好奇。

“屋里人干什么呢？我去看看。”麻雀们交头接耳。于是，总有那么一两只麻雀站在窗沿踱着步向里面张望。每当我小心翼翼地迎上去，它们立刻惊恐万分，扑棱着翅膀，落在远一点的地方，和我保持着一定的距离。我若藏起来，它们又一步步试探着走近，向屋里窥望。如此这般，颇有些捉迷藏的味道了。

有一次，一只幼雀在窝里叫，一只大麻雀站在不远的窗栏杆上回应着，声音长长的。它不停地望着我，不敢接近自己的窝儿。哦，原来它是怕我知道窝在哪里，怕它的孩子受到伤害呀！我仔细辨别大麻雀的叫声，感觉它分明在说："孩子，你别怕，妈妈在这儿，妈妈在这儿。"

"我不会伤害你们的，不要怕。"我急得对窗外的麻雀说。麻雀怎么懂得我呢！索性，我不去看，不理会它们了。这倒让那只大麻雀很安心，长长的叫声即刻停止了。

清晨，麻雀清脆的叫声经常把我唤醒。在我眼里，麻雀好奇又机警。它们特别勤劳，天刚亮，大麻雀就飞出去给幼崽们觅食。觅食回来，一家人欢喜地叫"叽喳叽喳，叽叽喳喳"，有趣极了……

2022 年 1 月 23 日早晨

春日融融

春天的太阳特别暖，待在家里实在可惜。我来到山脚下，找了一个太阳直射的地方坐下。

山上有各种鸟儿鸣叫，有的拉长声音，有的叽叽喳喳，有的在树下扑扇翅膀，有的站在枝头东瞧西瞅。树林是鸟儿的家、鸟儿的乐园。

前天下了一场雪，雪落满枝头，漫山遍野开满了雪白的花儿，树木一夜之间变成轻盈的少女，衣袂飘飘，妩媚动人。落雪的树像个有故事的人，你若站在她身边，就会对她恋恋不舍，似有满腔的话儿欲说。雪后的山林洁白寂静，银装素裹。走在雪路上，你真想变成小燕子，穿行在林中，飞到每一个角落去。

太阳出来的时候，雪花就会一层层从树上飘下来，落在你身上。春天的雪来得快，走得也快，你若稍加迟疑，抓不住她，就品味不到她瞬间的光华。

雪后两天，我站在山脚，向山顶望去，已看不见白雪，树木像冬天一样裸露着，彰显她的本色。但在你脚下，那一堆一块的白雪却随处可见,有的还结成了冰,踩起来“嘎嘎”作响。湖面上,阳光下的白雪晶莹剔透,雪在冰面上,犹如撒上了一层霜。

早春里寻找春天,发现杏树的枝头隐隐结了花苞,她已经在孕育春天了。我顺手折断一根枝条,枝条柔软富有韧性,啊,春已显现。透过薄薄的树皮,那嫩黄的绿色,像刚出土的芽儿,生机盎然,清香怡人。

春日融融,我喜欢伴着阳光,在林中漫步,看雪落山林的浪漫与纯净,听鸟声起起落落,看天气的变化与大自然的回响。春日下,阳光温暖明媚,万物丛生,挺拔向上。此刻,你会感到自己永远年轻,永远有力量!

2022 年 3 月 3 日

太阳、雪花和春姑娘

春天已至，但在寒冷的北方大地上，你还看不见春姑娘葱绿的身影。她藏在解冻的泥土里，雪花覆盖着她的全身。太阳偶尔探出头，给她周身带来温暖。春姑娘像沉睡已久的美人儿，慢慢地睁开眼睛苏醒。

太阳和雪花喜欢和春姑娘捉迷藏。春天的太阳暖暖的，温温柔柔的，她轻拂春姑娘的脸。春姑娘笑了，她刚要穿上嫩绿的衣裳从大地里钻出来,雪花又来了。雪花在空中飞舞着,尽显她的美,她可不愿轻易退场。

“你看我有多么美丽啊！”雪花炫耀着，刮起阵阵寒风，吓得春姑娘又缩回头去。

雪花落在地上，融化了，变成了水，把春姑娘的头发洗得湿漉漉的，这是太阳的力量。原来是太阳跑来帮忙了，她把骄傲任性的雪花给征服了。春姑娘美滋滋地从地里走出来，开始播撒春天的种子。

“我要让美丽的花儿开满整个春天。”

当春姑娘把种子撒满大地的时候，雪花认输了，她多么希望春天的美丽有她的功劳啊！于是，她索性变成滋润春姑娘的雨滴，春姑娘走到哪里，她就把雨滴洒向哪里。她们成了好朋友，成为春天的使者，形影不离，手拉着手，在阳光的怀抱里快乐地舞蹈……

2022 年 3 月 20 日早晨

我在家乡看花开

春日里，我不去遥远的地方，在家乡看花开。

去远方看春天，我只是一个过客，匆匆忙忙。在家乡看春天，我可以日夜观察品味，从草的一缕缕泛青开始。春天就像一个大舞台，各种花儿交替登场，在春之舞的乐曲下，尽情歌唱。

每种花都不想独占春天，花落是她的谢幕。谢幕后的花树没有沮丧，没有忧伤，又以满树的新绿展示她蓬蓬勃勃的景象。

春天不论多么绚丽多彩，她都是无声的，只有鸟儿欢喜备至，一声声地鸣叫。

春天，我是一个不归的孩子，留恋花丛，左看右看，看不够。我喜欢春天，从脚下到头顶，从大地到蓝天。

春天里，我没有忧伤，更没有老之将至的感觉。因为她只有萌发，不停地向上，日日新绿。她温暖的气息扑面而来，犹如一股巨大的洪流，将你裹挟。

也许远方有无尽的花海，但在我眼里，哪里的春天都是一样的，都有次第花开，都有燕儿飞来。只有细细地观察品味，你才能懂得春天，拥有春天。

春天是生长的季节，我不想做记录者，更不想做旁观者，我要与春天一起生长。

槐花飘香的日子

早晨阳光明媚，我来到山林，坐在槐花树下。五月暮春，槐花正在风中谢落，飘舞着，纷纷扬扬，像天女撒下的花瓣。

很早就要来山林看槐花，却抽不出时间来，但槐花并没有因我的缺席而辜负我。每当清晨打开窗子，缕缕花香就会一闪身飘转进来，弥漫整个屋子。

一天，儿子来我家，吃惊地问：“妈妈，你屋子里怎么有槐花的香味？”我笑笑说：“是山里的槐树花开了，飘过来的。”

槐花有神奇的魅力，借助风力，能把幽香送到很远。槐花飘香的季节，我喜欢走出屋子，迎接她的浓香。她香得好甜，咂咂嘴巴，又是淡淡的味道。走在路上，槐香一路追随你，令你沉醉。你试图伸手把她搂在怀里，空空的，她已诡秘溜走，冲你莞然一笑。你恼了她的顽皮，醉了她的香气。

槐花含苞的时候，我曾走入山林。那时的她，还没有散发迷人的体香，映入眼帘的到处都是盈盈的绿。

“槐花在哪里呢？”我四下寻觅，猛一抬头，发现一串串闭目含羞的白色花蕾正高高悬挂在我的头顶。一棵棵参天的槐花树在空中交错着，遮蔽了日光，蓝天也只能从她的缝隙里透过来，做她的陪衬。

今天，我再次走入山林，槐花的浓香已渐渐散去，但日渐枯萎的花朵还紧紧地依偎着树枝。只有风起时，她们才一瓣瓣谢落，怀着无限的依恋和不舍。

带着一点点满足，我下山去。一对老年情侣走过我的身旁。前些天，我刚刚与他们相识。

"我们特意来山上，闻槐花的香味。"他们对我说。

"我也是。"我笑着说。

遇见了和我一样爱花赏花的人，我下山的心情更加愉悦了。

"谢落的槐花是什么心情呢？有忧伤吗？"

我正这样想着，两瓣花叶轻轻地抚慰一下我的面颊，滑落了。

她们是欢喜的，我确信。因为此刻，我感受到了她们的温柔。

眼前的湖面上，漂浮着密密的槐花。微风下，这些白色的花叶在水中游走，那般悠然自得，仿佛坐上了幸福的大船……

2022 年 5 月 23 日

听 雨

下雨的时候，我喜欢在雨中散步。

雨打在树叶上很轻，像是窃窃私语。雨落在草丛里有点羞涩，像是躲起来的样子。雨打在地上是最为豪爽的。雨多雨急的时候，骤然间形成一道道河流，大有欲把大地重新洗刷一番的气势。

我感觉绵绵的小雨像热恋的情侣，容易引起人相思的情怀。与之相比，淅淅沥沥的阵雨要显得坚决而果断得多，它落在地上毫不犹豫。我很喜欢这种雨，生活中，需要果断处理的事情很多，它给我们启示。大雨，给人酣畅淋漓的感觉。生活中备受压抑的人若有一次像大雨一样的释放，该是多么好啊！

喜欢雨，因为它来自自然。无论它声音大小、缓急，都是那么清新自如、赏心悦目。雨，落在万物上，是一种自然的旋律，犹如天使的和声。听雨，看似闲暇之举，其实是一种情怀，只有对生活对自然无比热爱，才能醉心雨声，融入雨声。

不同年龄，对事物的领悟不同，听雨的感受思绪也不同。蒋捷的《听雨》词这样写道："少年听雨歌楼上，红烛昏罗帐。壮年听雨客舟中，江阔云低，断雁叫西风；而今听雨僧庐下，鬓已星星也。悲欢离合总无情，一任阶前、点滴到天明。”诗人通过少年、壮年、老年，人生三个不同时期听雨，把人的追求、遭遇、内心的变化，像雨丝一样滴落在读者面前。

年轻的时候，从未想过听雨。雨在我眼里就是一种自然现象，我与它是分离的。随着年龄增长，雨渐渐浸润到我心里，与我的情感紧密相连。我越来越喜欢听雨，每一次听雨，对人生的感悟都不尽相同。

哦，原来听雨，就是谛听自己心灵的回声啊！

雨是有生命的，不然它为什么能把我的心儿牵动？

2022 年 6 月 22 日　雨中

到处是你

清晨，迎着鸟儿的叫声，我走出门。我拿本书，却迟迟没有展开看，漫步在洒满阳光的路上，我的眼里都是你。

静谧中体会你的温柔。你如一股气息，与我如影相随，环绕着我，弥漫我的周身。

你的爱，极尽温柔体贴，把我沐浴在春天里。你甜甜的眼神，让我的心也甜蜜起来。你的话，简短得不能再简短，我却品出浓浓的爱意。

你知道吗？我看身边每一朵花、每一棵草都散发迷人的光泽，我看路边的每一棵树都风姿绰约。你的情俯仰之间皆是，遍布我身边的所有。

我抬起笔，映入眼帘的是你。我无法逾越你，去书写其他。你就像我必经路上的一道门，推拉之间，都是你的存在。

你用全部的心拥抱爱。对心爱之人你咽下所有的委屈，只奉献幸福的柔波。你的爱那么纯，没有一点杂质。

此刻，我看到天空的云彩一片片，她们没有游走的样子，久久停留着，仿佛你的爱就在那里，默默注视我。

内心浸满你的爱，到处是你，到处是你。

2022 年 6 月 27 日

献给孩子的礼物

我亲爱的孩子，我将献给你什么礼物，能做你永远的收藏？

我冥思苦想，给你准备未来生活之需，还是可流传下去的器物？从你的眼睛里我看出来，这些都不是你喜爱的。你喜欢在蓝天下，和我捉迷藏；你喜欢记住所有亲人的生日，画上一幅画，在他生日那天热烈地呈现。你噘起小嘴生气的时候，亲人把你搂在怀里，你转忧为喜的样子，最好看。你喜欢大人和你一起突发奇思妙想，然后去实现。你并不需要所有的事情都是真的，只要它是快乐幸福的。

亲爱的孩子，我用名利诱惑你，那无疑是玷污了你。你那颗从天而降的心，多么圣洁！你是从大自然里走出的孩子，带着所有的花香。

冥思苦想之后，我终于找到送给你珍贵礼物的钥匙了。亲爱的孩子，我正着手为你准备成长日志和相册。你每一天的故事，你的一颦一笑都在里面藏着呢！但我没有告诉你，我想与你捉一个大大的迷藏，等你长大了，再把它送给你。

沐浴冬日暖阳

虽是冬日，天气特别温暖，走进林间，鸟儿在树梢上互答。刚刚结冰的湖水在太阳的照射下，发出刺眼的光芒，尚未结冰的湖水静静地倒映着湖边的树木和栏杆。

我找了一个朝阳的房子，在门前的木台阶上，面对太阳和大山坐下来。真是太舒服了，一丝风都没有，我暖得穿不住羽绒服了，只好脱下来。若是带孙女一起来晒晒太阳，唠唠嗑多好啊！可惜今天孙女在上学。不知从什么时候，小孙女成了我最好的朋友。走到哪里，我都爱牵她的小手，仿佛这样才踏实，有趣味。孙女喜欢玩捉迷藏，什么东西拿出来之前，都要先藏起来，找个几圈儿。只有这样，才能引起她无限的兴味。你对她有什么要求和期望，直截了当地说，不行，命令更不行。那样，她会噘起小嘴转过身，不理你那套。但只要你应了她的心，她立刻会破涕为笑，那样子甚是好看。

应孩子的心，可不容易呢！着急不行，心不在焉也不行。你得完全进入她的情境中，随着她慢慢做，不管时间怎么过，不管外面的事有多急，你都得放下来，变作她的好朋友、她的玩伴儿。不过，你若真这么做了，有无尽的快乐，这个世界清纯得很，你一点不觉得浪费时间，相反，你会觉得生活原本就该这么过。

山上的空气格外新鲜，树叶已全部凋零，整座大山变成一片褐色。这是树木原有的本色，不加粉黛，但它们还是吐放着清香。沐浴冬日的暖阳，品味着来自自然的气息，思想着身边可爱的人、有趣的事，我感到无比幸福！

杏花心语

春天，杏树花羞涩地绽开笑脸，淡淡的粉色在风中摇曳，在寂静的山林里格外耀眼。

一位少女来到花树前，对杏花说："你这样最好，我喜欢你含苞待放的样子，人都说世间最美是花儿半开月儿半圆，你不要再开了，停下脚步吧，我已等你很久。"

"不行啊！即使你喜欢我，我也无法为你停止自己的脚步，明天，或者后天，我就会尽情绽放，然后花瓣飘落。"

杏花说着，眼里含泪。

少女倚在花前，低眉不语。

"花儿凋落以后，嫩芽就会吐出来，花儿就会变成果实，从春到秋，渐渐成熟，那是我深情的爱，你知道吗？"

杏花温柔地说。

少女抬头，把脸紧贴在花蕊上，顷刻间，她闻到醉人的花香。

"即使，即使叶落之后，我的周身也散发着爱意，蓁蓁的叶子就是我不变的赤诚，金色的果实就是我美好的祝愿。"

杏花轻柔地告诉少女她整个生命的轮回和爱恋。

少女的眼里露出光彩夺目的光芒，她为粉黛含泪的杏花跳起美丽的舞蹈……

2022年4月12日早　鞍山

我有一个梦

我有一个梦，她在前方。无论岁月如何变化，我的梦都没有遗落。

我的梦离我不远，她像蓝天上的白云一样洁白，却不像白云那样遥不可及。只要我努力，就会一步步靠近。

我的梦有理想之梦、爱情之梦和人类和谐友好之梦。她们统一于我生命里，已变为不可分割的整体。

我的理想之梦,来自对美的追求。世间的美有很多,自然之美、艺术之美、心灵之美等。美在风儿摇动的草丛里,在清清的河流里，在举手投足之间，在人的一颦一笑里。美无处不在，发现美的眼睛处处闪烁着光芒。

把美书写，把美留住，是我的理想。然而，这并不容易，世间有显现的美，也有隐藏的美，有袒露的美，也有婉转的美，当然还有纯洁之美、高尚之美等。我喜欢寻找心灵深处的美。《诗经》诗云“巧笑倩兮，美目盼兮”，这样的美动人心肠。

我有一个爱情的梦，那就是婚姻和爱情同为一曲，共处在一个旋律中。这个曲子有婉转，有起伏，甚至有惊涛骇浪，但最终归于宁静，如同大海温柔静谧的安详。

我理想的爱情是没有背弃，永远相守，就像那首《当你老了》诗中描绘的那样："多少人爱你青春欢畅的时辰，爱慕你的美丽，假意或真心，只有一人还爱你虔诚的灵魂，爱你衰老的脸上的皱纹……"

人迈向老年，更渴望爱情。理想的爱情越到老年越忠贞、浪漫、体贴，拥有她如拥有春天……

我还有一个梦，那就是人类和谐友好之梦。不论种族肤色有什么不同，大家因爱手拉手。和平和爱是人类的向往，只有在和平的环境里，才有诗，才有爱情，才能静享生命的阳光和郁郁葱葱的景象。

我的这个梦，在生命的前方，永远不会消亡。这梦离我并不遥远，她隐藏在一切美好的事物里，对我含情，向我招手。她像窗外的绿树，长大后就会浓荫如盖。那时的我，对她触手可及……

2022 年 4 月 24 日

尝尝雪的味道

下雪了，在屋里玩耍正欢的孙子和孙女不由得把目光投向窗外。

“奶奶，我们要到外面去玩。”他们央求我，眼里满是期待。

我望了一眼窗外，这雪不够洁白也不够轻盈，雪里夹着雨，沙沙沙，落在地上悄悄融化了。

这是冬天的第一场雪，来得好迟。过去到了这节气，不知下过几场雪呢。近些年，落雪的时间越来越迟，雪变得越来越少了。地球真的变暖了，就连这雪，也变得迟迟疑疑的，裹挟着雨，也不那么干脆通透了。

“奶奶，让我们出去玩吧！”孙子孙女跑来摇动我的胳膊。

孩子这么向往，这么诚恳，我怎能辜负他们的心意？我起身，嘱咐他们多穿点，免得冻着。我也身着一件羽绒服，走出门去。

“唉，这雪太好了！”两个孩子一边用脚戳地上的雪，一边忘情地看着天空。

“尝尝雪的味道。”孙女把嘴向着天空张开，孙子也学姐姐的样子，仰天张大嘴巴。

“是甜的还是咸的？”孙女好奇地问弟弟。

听到两个孩子天真的对话，蓦然间，“童真无邪”四个字涌入我的脑海。

“奶奶，我和姐姐一伙，和你打雪仗。”孙子喊着。不由得我多想，一团团雪就落在我的衣服上、脖颈里，凉丝丝的。

我怎能无动于衷？我把地上一团团正在悄悄融化的雪捡起来，攥成一团团，掷落在他们身上。我们奔跑着，雪团穿梭着，哈哈的笑声在寒冷寂静的天空回荡……

忽然感觉，我应该感谢孩子们。小时候，我带他们，现在，是他们带我。他们洗却了我那颗日渐苍老的心，把我带进自然，带向生机盎然，带入简单和纯净……

2022 年 11 月 20 日早晨

爱情那颗心

爱情那颗心是什么样的呢?

爱,就是你把她时刻记挂在心怀,把她镌刻进脑海,走到哪里,她都出现在你的眼前，横在你的路口，笑语盈盈。

你想她，每时每刻，想不够，没有止息。到底想了什么，你也不知道，你却愿意这样，任时间慢慢流。

在你眼里，她的眼睛像太阳，她的眉毛像月亮。她是你眼里澄净清澈的碧湖，世间没有什么比她更蔚蓝更纯洁。

爱情，你对她有无限的怜。你仰望她的伟岸高大，更怜爱她的怯懦和不幸。她声音嘶哑,她一个长长叹息,都会牵动你的心肠,激发你的担当。你要为她铺一条路，幸福的无忧无虑的路，看着她微笑走过。

爱情，你情愿为她付出，无怨无悔。哪怕有一天，她离开你,你也会望着她远去的背影,对自己说:“结束了,这场爱。真心爱过,没有遗憾！”

爱情，没有后悔。不管对方如何，只要你倾注了真心。真爱的路上，到处都是眼泪和笑声。缠绵的情意，即使岁月凋零，也长久萦绕在天空。

爱情，不问明天你是否依然爱我，只想珍惜当下，珍惜眼前相爱的时光……

2022 年 12 月 7 日

落叶在眼前飘舞

时至寒冬，万木萧瑟，但落叶仍然在我的眼前飘舞。每当我情意绵绵或寂寞孤独时，落叶就会袅袅飘入我的视线，我不由得伸出手把她接住。

我喜欢落叶，喜欢满地的落叶。当一个人的背影从倏然而下的落叶间走过，你会看到一种忧伤的美丽。落叶是金色的，片片都凝结着眼泪和欢笑，在阳光下闪耀。

身在落叶中，不知不觉，你就变成了一片落叶。风儿吹来，你恋恋不舍地离开滋养你的大树，在天空曼舞，你不知自己将飘向哪里,命运将你带到何方。在徐徐旋转中,你看到天空多么蔚蓝，多么高远；你看到随风飘舞的同伴多么想携你的手。阳光把所有的落叶锻造成金色，哦，原来你是这般美丽啊！

悄无声息地，你落在一个柔软的地方，那是大地，你躺入它的怀抱，你的生命有了新的依托。

“我会枯萎吗？我会死去吗？”你怯怯问。

“你不会死去，你会新生，给更多生命以滋养，有了你，它们的生命会更加茂盛。”大地附在你的耳边说。

“哦，原来这样！为什么在飘落中，我看到盈盈的眼泪，不舍的眼神，那是浓浓的依恋啊！我的飘落，我的奉献，演绎着一场生命的归宿。”落叶顿悟。

“落花不是无情物，化作春泥更护花。”落叶的一生，默默无言，深情无限，从生到死，为情所累，为情所系。

落叶中，你会看到远方的妈妈向你走来，拉着你的手，回到温暖的家。落叶中，你会听到汽笛的长鸣，那是恋人的泪眼别离。落叶中，你会看到一位老人，拄着拐杖，神态安详地走向人生的暮年。

啊，落叶，你的脉络就是一道道情丝。落叶，你的绚烂就是映红满天的夕阳。你永远迎风飘舞，即使在寒冷的冬季，人们的眼前，也会闪现你婆娑的身影；耳边，也会听到你快乐的歌唱……

一片片落叶，无声在风中回荡，落入水中，漂向大海；卷入大地，归于尘土……

2022 年 12 月 30 日早晨

你让我回味

你总是让我回味，唉，有什么办法呢！我的大脑已不归属我，被你指挥，被你占据。

我的眼睛看到什么都化成了你。树木是你，花草是你，云彩是你，路上的行人是你。

我耳朵里听的，也都是你，音乐是你，雨声是你，鸟鸣是你，流水是你。

心里想着你，风儿便把你送到了我的身边。

你哪里好呢？人群中，你并不美丽出众，说话也不是伶牙俐齿。但你的眼睛会说话，它告诉我，你的诚实善良，你有多么温情，多么善解人意。在物欲横流的社会，在工于心计的人群中，你就像一棵清新的嫩芽，破土而出；你的爱，就像山里奔流而下的清泉，清澈见底。你目光灼灼，如一道光在我眼中闪耀……

你是美的化身，美的是心灵。那里迸发出不尽的源泉，我从未感觉它会枯竭。

“今生一定让我遇见你。”你给我生命，给我喜悦，给我青春。每当寒冬，我的心枯萎凋零，你就是春天，又重新焕发我的生机。

你总是让我回味，你的眼神充满魅力，爱情的果浆甘之如饴，无法抗拒……

2023 年 1 月 10 日

你占据我的心

亲爱的，你占据了我整个的心。我的脑子里尽是你的温柔，温柔如水，温柔如月。

水静谧地流动，月光柔和地洒遍山川田野，你的温柔弥漫了我整个的心。

看见我，你的眼角眉梢都是笑意。长久的分离，你的声音告诉我你的思念和忧伤。对你心情的感知就像身边的风，不，远远胜过风。风儿只有拂动，我才有所感知。你的心啊，隔着千万重，我也能听到跳动的声音。我爱你，在眼前所有的事物里；我疼你，在一丝一毫的变化里。

我想把全世界最好的东西给你，可又实在想不出什么东西比我爱你这颗心更珍贵。两情相悦，就是世界上最好的礼物。除此以外，什么都不需要。

你有深邃的内心世界，那里有无法述说的言语，有望不到底的深潭，它只露出一角，只有有缘的人，才能洞见你的心门。虽然你爱我，但你的心事并不愿意对我述说，任何加重我负担的事情，你都不愿。我懂你，从你的眼神、你的坐姿、你的声音里，我都能窥探到你的内心。

亲爱的，你把我的心填得太满了，简直没有了缝隙。我多想让风儿吹进来，感知外面世界的风波与冷暖。没办法，我想和你保持一点距离，去看大海，看海浪如何奔涌。

你的怀抱有一种磁性的引力，过于贪恋，就会失去自我。

爱情是有个性的，她要经历风雨，甚至雷暴闪电，才有顽强的生命力。

人生的前方，有无限的风景，让我们一起走。

一枚红叶落入我的心怀

我在秋日林间散步，树叶在风中簌簌。不经意间，一枚红叶落入我的手掌。她像一个娴静的小姑娘，闭上双目，幸福又安详。

“为什么你偏偏落入我的怀中？莫非我是你灵魂的归宿？”

红叶在掌中被风儿掀动，她睁开眼睛，眼睛里有彩霞一样的梦。她的周身那般火红，脉络分明。

“巧笑倩兮，美目盼兮，素以为绚兮。”恰似一个顾盼生情的小姑娘，她一步一回头把我凝望。

我的心动了，把她举到阳光下，我看到一颗殷红的心。这颗心如血如日，仿佛已等我千年。

我把她呵护在掌心，带回家，夹在诗行里。每每看到她，就会想到她的前世和今生。

她生在春天的摇篮，大树是她的母亲。吮吸母亲的乳汁，她张开了嫩绿的小手。夏天是她的青春，风雨中成长，显露出她碧绿茂盛的光华。秋天的她，风姿绰约，绚烂夺目，心中凝结着无法言说的秘密。爱的血液蓬勃万丈，在周身流淌，她飘落到哪里，哪里就是她钟情向往的地方。她们有的落入泥土，有的落入人们的心怀，那是她前世的顾盼啊！

这枚红叶就是我的爱。每当我看到她，心中就会漾起无限春意，涌动潮水的诗情。她带给我浪漫，带给我遐想，那颗心永远忠实，永远殷红，默默地向我表达她永恒不变的爱情。

“解落三秋叶，能开二月花。”一枚红叶落入我的心怀，从此，她彩霞般的美丽，在我心中荡起层层涟漪，绽放出春天的花蕾……

2023 年 1 月 14 日早晨

春天的潮水

早春，我来到山上。

正午的阳光驱走所有寒冷，风儿在摇荡树木，树木怡情于蔚蓝的天空。

鸟儿清脆，在林间呼唤。一只喜鹊张开它黑白的双翅飞到窝里去。它们在述说什么？我好奇地看着它们。鸟儿也好奇于我，惊恐地从我头顶飞过。

旁逸斜出的树枝一丝不挂，裸露着它们深褐色的躯干。但枝头，花苞已现，折下一枝，绿衣浅浅，含在嘴边，清香淡淡。

春天，在你毫无察觉中，悄悄来到。

“这是什么树？笔直通天。阳光下,银光闪闪,有点像白桦林。”我把高大耸立，欲把青天刺破的树木拍成照片发给朋友。

“是白杨树。”朋友确定地告诉我。

我恍然，哦，原来这就是茅盾在《白杨礼赞》中歌颂的白杨树啊！

“它没有婆娑的姿态，没有屈曲盘旋的虬枝。也许你要说它不美……但是它伟岸、正直、朴质、严肃，也不缺乏温和，更不用提它的坚强不屈与挺拔，它是树中的伟丈夫。”我一边口诵《白杨礼赞》，一边仰头观察这几棵白杨树，它和茅盾所描写的样子完全吻合。我不禁兴奋起来，想不到，长在西北大地上的白杨树，竟在辽南大地上这么伟岸健壮。

我把目光又移向山脚下宽阔的湖面。湖面的雪还没有完全融化，阳光下，它已显疲惫，把整个身躯紧紧贴近湖面，带着对冬的依恋和不舍。已融化的湖面静静地安详着，没有张扬。不时闪动的水花告诉人们，对春的惊喜。湖中鹅卵石清晰可见，小鱼在嬉戏。

啊，春天，刚刚解冻的湖水是多么明净、清澈！

久久地徘徊在春天的山林里，舍不得离开。因为只要离开，你就写不出动人的诗句。春天，只要你亲自去看，去听，去品味，就会发现它暗潮奔涌，你悄然心动……

2023 年 3 月 15 日

你不把烦恼告诉我

你的声音沙哑了，你为何事烦恼?

你不愿告诉我，怕我上火。你曾对我说，把烦恼和不愉快告诉一个人，就增加了两个人的烦恼，不能让你再添愁。

你不把烦恼给我，我也不想把烦恼给你。但烦恼像雾一样，不知什么时候，从心空缭绕升起。烦恼来的时候，四处寻觅，多想找个出口，打开一扇窗户，让外来的风把它消散。

你不把烦恼告诉我，无异于关闭你的心窗。你可知道，我愿意承受你一切苦恼、喜悦，我愿意分享你对世界的看法和发现。

是不想让我知道你的软弱无力和无可奈何吗?那有什么关系?我可不希望你强把自己当成一棵树，身心疲惫的时候，仍然挺立。做一棵小草吧，或一朵花，在看不见的人群中，可以低头哭泣。我愿做早晨的露水，打在你身上，晶莹闪烁，焕发你的光芒。

你不把烦恼告诉我，也掩藏不了。你的沉默会告诉我，你的语气和停顿会告诉我。唉，但这些，都不如你直接告诉我。因为那会让我揣摩，费尽心力，有时也有误解。亲爱的，把你的心坦诚给我，我爱你的优点，也包容你的缺点。我爱你的宽广，也容纳你的狭小。

你的声音沙哑了，你不把烦恼告诉我，我的天空迟迟不能晴朗。它们雾一样升起，弥漫着片片的忧思……

2023 年 2 月 26 日早晨

怜惜霜打的万物

我应该有一种博大的情怀，像高山那样巍峨，像大海一样辽阔。我用一生追寻,行走于这个方向,却常被路边的花草绊住脚步。我蹲下身，与花儿一同欢笑，怜惜风吹霜打的万物。

一位远方亲人孤独无靠，疾病缠身。你现在怎么样了？柴火够烧吗？家中有米吗？有钱买药吗？只要一点点接济，就能维持你的生活，改变你的命运。孤独的人啊，我愿意帮助你，抚慰你，给你温暖和力量。

那些心灵受伤的人儿呀，我愿意走近你。假如在你空白的墙上，挂上一幅含笑的牡丹，能令你欣慰，焕发生机，我愿为你寻觅一幅最美的图画。

垂暮之年的老人啊，你已变得默默无语，无人知道你过去的身世。我却无法忘记，你走过的艰难坎坷之路。你生日那天，为你举杯，庆祝你生日快乐，是我美好的心愿。

我走到哪里，哪里就有我的爱。春天含苞待放的花蕾，奏响激昂的序曲；夏日恬静的荷，夕阳下脉脉含情；秋日里落叶纷纷，述说人生的悲欢离合；冬日阳光下闪耀的白雪告诉我，晶莹纯洁，是世界最美的风景。我走到哪里，哪里都有爱的眼睛。

我的心细腻、柔弱而婉转，恋念着人间的情感，徘徊着生命的苦短……

2023 年 2 月 26 日上午

每个季节的生命都有她的美丽

北方的春天，最早盛开的花树颜色是淡淡的粉、优雅的白，晨光下，远远看去，就像孩童的脸，稚嫩、纯情、明媚……

看着它，我的思绪一下子越到秋季，满树殷红的叶子，浓重而艳丽。难怪人们把春天比作孩童，而把秋季比作成熟的人。春天一切都破土而出，新生的，欢喜的。这些生命到了秋天，就有了沧桑感。叶子经过风吹雨打，虫蚊袭咬，很难保持它的美丽和完整，但历经风霜的火红把生命里一切的不完美都荡涤了。

每个季节的生命都有它的美丽。虽然不同的人偏爱不同季节，但成熟的人会珍惜每一天、每个季节。再美的季节，也需要别的季节来衬托。春天的花开也是等了整整一个轮回呀！如果你别的季节不努力，那春天也是单调的、无力的、乏味的。

春天是希望的季节，只要珍惜生命里的每一个日子，春天就会焕发青春和美丽。

春天里，所有的生命又回到了童年，哪怕你是白发苍苍的老人，也会感到生命无限，未来无限。

春天是自信的季节，那盈盈的绿，闪烁着灿烂的光辉。你只要努力耕耘，就一定有所收获。

2023 年 4 月 1 日于山林

因为你，我懂得爱情

天冷了，你嘱咐我加衣；下雨刮风告诉我，出门注意安全。你对我的关照无微不至。

“你有什么烦恼和忧愁，告诉我，一个人的负担变成两个人的，就减少了。”我对你说。

你却总是摇头：“什么都没有，我很好。”

你只把高兴的事儿与我分享，把烦恼悄悄掩藏。我知道你有很多压力，独自一个人走在漫无边际的路上。你的心怀里装不下那么多的委屈和压力，你强撑着。你经常沙哑的声音告诉我，你把一切烦恼和苦难都独自吞下，压在心底。

“你的快乐就是我的快乐。”你告诉我。

世间的爱真是这样吗？可以替代，把对一个人的爱当作自己的全部？

我有病时，你默默守在我身边。

“你的身后有我。”你并不强大，但你情愿用整个生命为我承担。

你，让我相信了爱情的语言。

有了你，就有了心的温暖，不论天气如何变化，多么寒冷。有了你，我就有了春的气息、春的温馨，哪怕置身于酷暑和严冬。有了你，就有了心花怒放，可与繁花比肩。有了你，就有了和煦的风，温情地缭绕我的脸庞。

我充满青春活力，经常携一束花于手中，那是你爱情的花朵。

“永远爱你”，岁月的年轮不紧不慢地告诉我，你爱情的赤诚。

因为你，我懂得了爱情。

2023 年 4 月 26 日

孤独时有一双手

孤独的时候，有一双手，把我拉起。

他是我的同路人。很多人去往不同的方向，但，他与我是一个方向。

我并不熟识他，有他陪伴，我心很暖。他人都选择平常大道，我们却愿意走荆棘的路，喜欢开拓一道别致的风景。

我很欣慰，有人陪伴，因为我知道，即使我一个人，也要走这条路。

我不祈求他陪我永远，只要能走上一段，就很欣慰。

在路上，我们讲述过去的故事，欣喜新的发现。我们欢笑、奔跑，心情宣泄得一览无余。我们憧憬前方的风景，想象着它的美好,像好奇的孩童。于是脚下再长的路,也不长。有星星的夜晚，月儿弯弯。

孤独时，渴望有真正的同行者，感恩有人陪伴的温暖。

2023 年 4 月 28 日早

观 雨

下雨了，雨“滴答滴答”落在地上，打在积水的洼里，迸溅水花朵朵。

不知从什么时候开始，我喜欢下雨的感觉了。下雨的天空灰蒙蒙的，像一张紧绷的脸，没有笑容。但喜欢雨的人却能听到她的心音。她滋润万物多么欢快，多么喜悦！

有时，天空也会发怒，暴雨连绵，冲毁庄稼，毫不顾及人们的辛劳和情感。雨像一个人，有时温柔体贴，有时又变幻莫测。

喜欢雨，雨有情感，雨也有很多故事。只有那些有丰富人生阅历的人，才能读懂雨的情怀、雨的心事。把自己的心事寄托给雨，雨会帮你把它拉长，让它更加缠绵、温婉。

雨中，树叶上盈满水珠，更加苍翠精神。雨中的花香尤为迷人，我从茉莉花下拾起两片白色的花朵，她香得你不忍离去，美到你无法形容。不由得，我想起闻名于世的民歌《茉莉花》。

“好一朵茉莉花，好一朵茉莉花，满园花草，香也香不过它，我有心采一朵戴，又怕看花的人儿骂……”

茉莉花开白色的小花，几乎无法戴在头上。她的艳丽远不及其他花草，可她却牵动人们的心怀。雨荡尽尘埃，花香弥漫在空气中，呼吸之间更近了，雨中的茉莉更加醉人。

雨在下，时而绵密，时而稀疏。用手接雨滴，凉丝丝的。雨中，我有无尽的情怀要倾诉。我想起友人，想起过往，我还想在雨中读书，品味人生的滋味。

刚翻开书，雨便在我的耳边私语："我不也是一卷宏大辽阔的自然之书吗？"我合起书，抬眼望，雨中山雾起伏迷蒙，翠绿的青色若隐若现……

2023 年 8 月 13 日

世间纯洁的感情

世间有一种纯洁的感情，她不言，埋在记忆的深处。你越是风光，越是得意，她隐藏得越深，仿佛与你不曾相识。可当你遇到挫折，丧失信心的时候，她会从一个角落悄悄走出来，带着温婉的笑容，像一道光，瞬间把你照亮。

纯洁的感情怎么会淹没呢？当寂静的夜空，月儿高悬；当晨鸟在树上快乐地鸣叫，当落叶风起的时候，她都会悄悄地闯入你的心怀。

那一年与你相遇在一个黄昏，众人之中，你挺拔清秀，好奇的眼睛如一汪潭水，默默把我吸引。

那一天，我向你倾诉了心事和苦闷，带着无限的遗憾和沮丧。

“你很有才华，金子终归会被发现。”

你只说了这一句话，从此后，我奋发努力。

每当我沉默良久，在人群中消隐，你都会像一只小鸟，把祝福衔来，放在我眼前，告诉我，人间的爱不会消失。

你的爱像黑夜的一盏灯，拧开她，就能照亮我的世界。当我把爱的能量传递给周围需要的人，我知道，那能量里还有你。

纯洁的感情是什么？我无法形容，她是一切美好的人、美好事物的代名词。遇见美好，她就会浮现于你的脑海。

纯洁的感情一旦相遇，就会融化在你的生命里，把你陪伴，永远不再消失。

“够了，此生与你相遇。”

带着无限的欣喜，我打开窗，放飞了手中的信鸽，看着它越过高山，向远方飞去。

2023 年 9 月 16 日

轻轻地写下对你们的爱

孙子孙女，有了你们，我又重新过了一次童年，因为我要了解你们，懂得你们，和你们一起玩，一起成长。我爱你们，也要你们爱我。

学习的时候，你们不专心，手里总爱攥点什么东西，身子总是晃来晃去，腿脚总是踢来踢去。我告诉你们，不要这样，学习要心定、安静。你们听罢，转身就忘了。我小时候也是这样的吗？我忘记了。

孙女十岁了，一个人睡觉害怕，搂个玩具娃娃就安心了。孙子呢，睡觉前手里握个玩具小汽车。我给你们收回了，你们还有点失望呢！

秋天了，一起上山去，路边的螳螂绊住了我们的脚步。舍不得踩着它，我拾起一片红叶，让螳螂爬上来，带上它一起玩。孙子孙女好开心，我忽然变成了他们最贴心的伙伴。

“奶奶，和我一起读书。”

“奶奶，陪我一起玩。”

孩子们出去玩，我不参与是不行的，他们把我当成了最好的玩伴儿。

“我们一起比赛，看谁跑得快！”

孙子孙女啊，你们刚学会走路，奶奶还敢和你们比一比，可现在你们长大了，箭一样地飞，奶奶能跟得上吗？

“你们比，我跑不了。”

“为啥？”

“奶奶老了呗！腿脚不行了。”

你们不解又失望：“奶奶不是好好的吗？为啥就说不行呢？为啥兴致正浓，就不陪我们玩了呢？”

“奶奶爱你们。”我挨个儿把你们搂在怀里，亲亲稚嫩的小脸蛋。

我被你们喜爱又不喜爱。当我板起面孔，用大人的语气命令你们时，你们即使做了，也把小嘴噘起来。每当一起上山看新生的草木，惊喜大自然的赐予，我们的心跳又有了同一个频率。

用清纯的心体会万物，用好奇的眼睛看世界，一切都会明亮起来。爱大自然的一草一木，你就有了怜悯心。体恤天下众生，你就有了慈悲心。这颗心，对人间至爱亲情，更加柔情似水。

我的孙子孙女，你们未来的路又远又长，我不会一直陪伴你们。你们长大后，回首往事，会领悟长辈对你们的期许；将来的你们，有了自己的孩子，会告诉他们，我的祖辈有多么慈爱。

我的孙子孙女，天亮了，你们还在熟睡，看着你们可爱的小脸，我轻轻地写下了对你们的爱。

2023 年 10 月 12 日早晨

你永远在我记忆里流淌

——献给张玉民老师

你病了，悄悄地躲在一角，默默地对着窗俯视外面的春花秋月，不能再走出来撷取路边的花朵了。

在我心里，你是与命运抗争，不向命运低头的人。即使狂风暴雨，飞沙走石向你袭来，你也会笑着迎接。你向往正义，在黑白之间，你从不含糊。你热爱文学，即使身处荒凉之地，荆棘之丛，也会勇敢地迈入。你坚韧顽强，挑战一切不可能，面对山峰奋力攀岩，只为一睹旷世奇景。你深情似海，体恤每一个弱小的被卷入浪潮的生命。你的激情永不枯竭，向着天空和小鸟歌唱。

你走过的路，到处都是奋斗的足迹。你经常在路上，手拄一支拐杖，环视周围，目光充满智慧和坚定。你的追求和向往就像滔滔江水，永不停歇。

可是，命运偏要捉弄你。你病倒了，生命所有的能量只够与病魔做斗争，但你却把一个永不停息的灵魂，悄悄地灌注到人们的心里。

你给我力量，我的前方永远有你，永远有你拄着拐杖，环视世界的目光。

你虽然不能再走出来撷取命运的花朵，但你的生命之泉却奔流不息，永远在我的记忆里流淌……

2023 年 10 月 19 日早晨

家乡的雪

雪，飘飘洒洒，无声无息。寒冷的冬季，每当我无意中瞥见窗外飘起的悠悠荡荡的雪花，心中都有一阵狂喜。

“下雪了，什么时候下的？”

对着窗子，看雪花的模样，还感觉不过瘾，于是干脆跑到外面去，站在雪地里，张开手掌，仰面迎接雪花的到来。

雪花轻轻飞舞，有的斜着“沙沙”下落，有的漫天盘旋，好像在犹豫着什么，是不是还眷恋着天空？雪花落在手上，像一朵朵玲珑剔透的小花，转瞬间，就变成了晶莹的水珠。

雪，悄悄地落，在人们的盼望之下，大地一片洁白。这时候，孩子们争相跑出去，玩雪是童年最快乐的事情。雪天，大人们纷纷走向公园，走向树木繁多的地方，看雪压枝头，品味古人所描绘的“天仙碧玉琼瑶，点点扬花，片片鹅毛”的雪中景象。

“今我来思，雨雪霏霏。”家乡的雪连着我们的情丝，每当雪花飘起，一幅幅难忘的画面、一个个生活的场景就出现在眼前。

“哦，那一年我的生日，天空也下着这样的雪。”

“那年初雪的日子，我曾和友人漫步雪中，他近日可好？”

下雪，对家乡来说，是极平常的一件事，但在南方人眼里，却是多了几分惊讶的。

年轻的时候,我做服装生意,经常去南方进货。记得一个冬天，我去花城看裘皮服装，和服务员闲聊时，无意中透露出北方的雪天就穿裘皮服装御寒。服务员惊讶不已,看我的那眼神,羡慕极了，好像我是天外来客。

北方的雪，对南方人来说，遥不可及，有无限的憧憬。

一个冬天，我去机场迎接一位南方友人。出了机场，车行驶在无边的旷野中，他忽然问我：“怎么没看见雪？”

我告诉他：“前几天刚刚下过，现在只能在沟沟坎坎里看到雪的痕迹了。”看到他那副失望的表情，我多想天空即刻飘起雪花啊！

雪花飘舞，思绪绵绵。下雪的日子，内心惊喜又落寞。惊喜于世界的洁白浪漫，落寞于对亲人友人深深的挂念。

“绿蚁新醅酒，红泥小火炉。晚来天欲雪，能饮一杯无？”如果在雪天，能像唐代诗人白居易那样，邀上情投意合的朋友，围坐在小火炉旁，饮上几杯，该是多么的畅快惬意呀！

我爱家乡的雪，她不仅有妩媚的容颜、壮美的景色，还有连绵不绝的情思。她的浩渺辽阔，她的洁白无瑕，她的优雅浪漫，不知不觉间，给我们带来无限的遐思……

2023 年 11 月 19 日早晨

爱的信念

至爱的亲人啊，你的病痛，撕咬我的心。想象着你的苦痛，我难以平静。

我和你一起长大，人生的情景历历在目。你曾是那样阳光，笑起来还有几分羞涩；你心灵手巧，钩织的衣服平展又漂亮；你做事果断，敢于担当，在我生意最艰难的日子，你默默为我扛起大梁，没有一丝犹豫。我们曾手拉手迎接大海汹涌的激浪，曾漫游湖边，为彼此拍下青春花开的笑颜。

哪承想，有一天风云突变，你的眼神充满抑郁和迷离，忧伤覆盖你整个的心。你想把过去遭遇的痛苦默默无声吞下，可你的心怀却无法全部容纳。

隐藏的痛苦终有一天爆发，爆发后的天空阴雨绵绵。你苦了自己，更把爱你的人的心撕扯成碎片。

“你看太阳多么温暖，投入她的怀抱吧！”

“你看夕阳多么美丽，就像我们依然美好而绚丽的生命。”

爱你的人，要在风雨中，为你撑伞;在黑夜里，为你点亮明灯。

我把孩子演奏的动听的琴声给你听，我把孩子眼中的美好世界给你看。世界如此美丽，爱你的人不曾片刻把你放弃，他要携你的手走出风雨，走向春天的太阳。

在一次次失望与希望的挣扎中，你终于露出久违的笑脸。

“谢谢你！”如大梦初醒，你感恩不离不弃陪伴你的人。

知道吗？你的身后，默默地站着为爱坚守的人，任何风雨也无法将其阻挡。

爱的雨露和阳光，能滋润万物。一颗冰冷的心，在爱的土壤里，渐渐复苏……

2023 年 11 月 22 日早晨

插花的情怀

喜欢插花，我插的花不是在市场上买来的，是我亲手去大自然里采撷的。

春天，迎春花、杏花、桃花、丁香花，一朵两朵都会成为我的心爱之物。夏天，地上的小花、水中的一片荷叶，都会成为我的钟情之物。秋天，山上的野菊花，白的、黄的，虽然颜色单调，却香味浓重，把几枝花插在一起，别有一种风情。冬天，树木被白雪覆盖，枝头紫色或红色的小小果实在雪的映衬下晶莹闪亮。

“这也可以插花啊！”我把她们当成了冬天的花朵。

我插花的花瓶也很少是买来的，都是不经意间得到的。和朋友聚会，看到一个别致的酒瓶，我的眼睛为之一亮。

“这酒瓶可以做花瓶，插花最好。”我说。

于是，这“花瓶”就非我莫属了。

我喜欢把大自然的美带回家。我家的客厅座椅旁经常摆放一瓶插花，花儿散发着自然的香气。每当友人来访，第一眼就被插花吸引，惊讶不已。

“这花儿从哪儿来的？”

“是我从山上采来的。”

“花瓶这么别致，在哪儿买的？”

“朋友的酒瓶子让我要来了。”

花与瓶如此协调，自然浑成，仿佛天作之物。

一年四季，一瓶插花，倾注了我对自然的热爱，点燃了我生活的激情。一瓶瓶四季的花朵，与我眉目传情，心心相印，默默地讲述着彼此的前世今生。

插花，是一种艺术，更是一种情怀。花儿在我的眼前轻轻摇曳，把我心儿拨动。此刻，整个世界都被美好的馨香给融化了……

2023 年 11 月 25 日

后 记

王荣霞

出版一本诗集，是我期盼已久的愿望，也是我不敢想象的。

我对诗不仅仅喜爱，简直是一种崇拜。遇见好诗，我读过之后，会上下打量它，慢慢品味它，再千方百计地寻找诗的作者，了解他的生平经历、他的思想和志向。

生活中往往这样，心中越是把某人或某件事物看得神圣，充满向往，越是敬畏，内心诚惶诚恐，徘徊于他的门前，不敢轻易走进。

我对诗最早的印象，起源于一本《西方爱情诗选》。那是20世纪80年代，中国社会迎来了改革开放，人们思想解放，文艺繁荣，呈现出百花齐放的景象。那时的我正值青春妙龄，对爱情充满向往。我在新华书店花八角钱买了一本漓江出版社出版的《西方爱情诗选》。这本书我爱不释手，经常拿一把小凳子，坐在菜园地旁读它。四十多年过去了，其间经过了好几次搬家，曾把这本书遗落。巧合的是，房子的新主人为我把它收留了，并在一个偶然的机会，把它还给了我。看到这本跨越近半个世纪，又重新回到身边的《西方爱情诗选》，我的目光在编者的前言上久久停留："我们希望这本诗选能成为吹进青年心扉的一丝春风，飘荡在朋友们胸臆中的一支乐曲；成为射进你情窦深处的一缕阳光，洒在你生活绿叶上的一珠晨露。"做到了，这本书做到了。自从我接受了它的启蒙和影响，我对纯洁爱情、美好生活的向往和追求始终未变。无论岁月怎样变化，都执守初心。

参加工作，结婚生子以后，我全力以赴为生存忙碌着，诗歌被我搁置一边。大约到了我不再为物质利益去拼命抗争，对人生有了点开悟，转身追求精神世界的富有时，诗歌又渐渐地回到我的生命中。这时，我不仅阅读她、欣赏她，也滋生了运用她表达内心情感的愿望。因为热爱，我总是拿着一本本诗集，来到林间小径，与她及自然融化在一起，创造并体会身心相融的美妙意境。这时，我会跟随自己曼妙飞舞的思绪，写下一行行诗句。可以说，这本诗集《遐思的云朵》就是这些零零碎碎诗句的组合。

喜欢诗歌，我结交了不少写诗的老师和朋友。鞍山文艺评论家李德义老师是我文学路上的领路人，他把我一首首稚嫩的小诗拿到《诗友》上发表。我的这本《遐思的云朵》拿给他看以后，他有感而发写了篇评论文章。我把他的这篇评论，作为本书的序言。诗人、作家张玉民老师对我的写作成长也非常关心，我们经常坐在一起谈论文学与诗歌。张玉民老师是有文学理想和情怀的人，他对文学永远目光闪亮，充满激情。他 80 岁高龄，还积极参与筹建文学社活动。为培养文学新人，他亲自登台授课。遗憾的是，有一天，糖尿病综合症将他击倒了，但病榻上的他对文学、对诗社仍有无尽的牵挂……

我的文学情怀不仅仅是书本给我的、生活给我的，更多的是像李德义、张玉民这样执着于文学的理想和信念的人给我的。

这本诗集最初的名字是《所有的日子都是诗》。我把这本诗集拿给鞍山著名诗人李金平看，他用遒劲的笔，在诗集的首页写上《遐思的云朵》几个字。我眼前一亮，太好了，正合我意！

这本诗集分成三个部分，第一部分“所有的日子都是诗”。的确，捡拾生活的碎片，只要你用心观察，融入其中，你会发现生活的前后左右都是诗，它们如同一片叶子、一朵花，在你手中。有的不经意被你揉碎了，从指缝间漏掉，有的被你置入花瓶。置入花瓶的就留下来了，你时时变换角度，观察欣赏。第二部分“遐思的云朵”，大都是爱情或哲理小诗，这部分诗的写作，我受到了泰戈尔《飞鸟集》的影响。现代社会，生活节奏加快，直抒胸臆，用优美凝练的语言表达内心深处的情感和对人生的领悟，是人们喜欢的方式，至少我很喜欢。忙碌中，我经常把一些小诗带在身边，有空翻看，陶冶性情，让心灵飞向远方。一首首小诗，仿佛生活一个个场景的再现。第三部分“春天的潮水”为散文诗。这部分内容，最初我没有把它放入诗集里。散文诗介于散文和诗之间，相对于散文来说，它更具有诗的特质。我的散文诗就是我诗意人生的写照。我的家就住在大山脚下，我经常来到山林里，听鸟儿鸣叫，溪水潺潺，看季节变化，风儿摇动树枝，树叶由青绿渐渐变成殷红。这些散文诗就像一件件素描作品，都是设身处地，情之所至流淌出来的。同时，它们又倾注了我对人间真善美的向往、对爱情的憧憬。在大自然的怀抱里，我像一个孩子，追寻着清纯、清新和美妙。

这本诗集形成过程中，我曾与朱秋萍、焦万霞、姚芹等友人切磋交流，感谢她们对我的指导和帮助。感谢沈阳友人、画竹专家张雁南为本书题写书名。

最后诚恳地希望广大读者阅后，对本书提出批评、指正，荣霞将不胜感谢！

2024 年 1 月 29 日